サインは蝶

大塚朋美

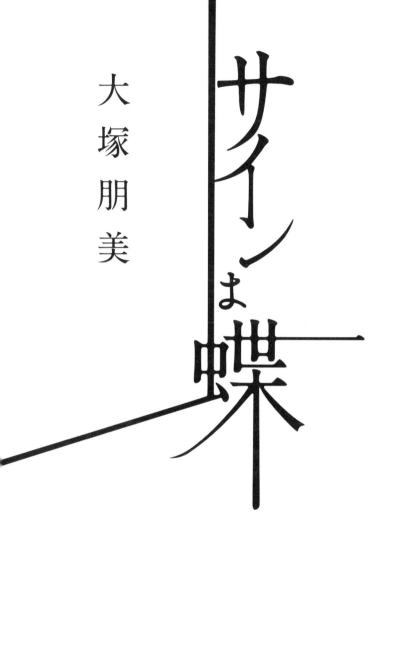

まえがき

私にとって一冊の本を書き上げる事は決して簡単な事ではありませんでした。途中、筆が止まってしまう事も。心にブレーキが掛かり、筆が進まない時もありました。そんな時は決まって目を瞑り、深呼吸をしながら自分の内に入る時間を作りました。

なぜ心にブレーキが掛かってしまったのか…この小説は私の実体験を基に綴られているからです。人には知られたくない過去の経験や体験を綴った、ある意味、暴露本！でも自分の事を自分で暴露するというよりは、その時に感じた事を正直に素直に小説にしました。

人から見たら辛い経験をしていると思うかも知れませんが、経験した過去は私が経験したくて引き寄せていたのです。深い悲しみ、怒り、憎しみという感情を沢山経験しましたが、この感情を味わいたくてドラマさながらの日々を過ごしてきたのです。

そして、その深い悲しみ、怒り、憎しみの感情が癒やされた今だからこそ、書き上げる事ができたと思っています。本書の中では長い年月をかけ、どのように私が自分の心と向き合ってきたのか、どのように自分の心を癒してきたのかが記されています。

私と同じような経験をした方や現在進行形で経験していらっしゃる方の何かしらこの本が光になれば幸いです。

〜目覚める　キミへ　ヒカリあれ〜

許すのは目の前の人ではなく自分自身でした。憎しみの先には愛しかなかった。
その事に気づかせてもらった、私の半世紀を私小説でお楽しみ下さい。

――登場人物――

高山千穂……アラフィフ　既婚歴無し　独身（毒心）

表向きはポジティブで頑張り屋さん　いつも幸せを探し求めている人

聖人《きよひと》……千穂の父

躾に厳しい一方で子煩悩な一面がある　思った事を言葉にできない不器用な人

元美《もとみ》……千穂の母

教育ママゴン　負けず嫌いでプライド高め　愛情を上手く表現できない人

プロローグ

頬がくすぐったい。その正体は愛猫のミーの仕業だという事を私は知っている。アイスキャンディーをなめるかのように私の頬をペロペロ。朝方になると決まって二階の私の部屋までご丁寧に起こしにくるのだ。

もう少し眠っていたい気持ちだったがベッドから起き上がり、

「ミーちゃん、おはよう♪」と挨拶をした。

それから淡いピンク色のカーテンを全開に開け、窓を少しだけ開けた。ベッドから降り、ティファールのスイッチを入れ、少し開いている窓から顔を出し、庭に蝶を探した。

スーと冷んやりとした冬の風が頬を撫でる。

「さむっ」

私は無意識にいつも蝶を探している。庭をぐるっと一通り見渡したが蝶はいなかった。ガッカリした気持ちを慰めるかのように白湯をお気に入りのマグカップに注ぎ、フウフウしながらゆっくり飲んだ。身体が温かくなるのを感じた。朝一番の白湯は美味しい。少し元気になった。いつからだろうか、目覚めに白湯を飲むようになったのは…
これが私の朝のルーティン！

ちなみにお水はブルーソーラーウォーターを飲んでいる。作り方は簡単。ブルーのボトルに水を入れ、太陽の光を三十分以上当てると出来上がり。簡単でしょう。是非、心の浄化を促してくれるブルーソーラーウォーター作ってみて♪　常に窓際にはブルーのボトルが2本置いてあるの♪　そのボトルに太陽の光が当たると、ボトルがキラキラと輝き、とても綺麗なのよ。それを見るのが私は好き。

～キンコンカンコン♪　～

外からチャイムの音が聞こえてきた。時を知らせる時報、田舎あるあるなのだ。
デジタル時計は7：00を指している。

700はエンジェルナンバー。
メッセージは
『あなたは今、素晴らしい、正しい道にいます。その事を天使達は祝福しています』
何気なく目にする数字、何気なく目にする物、その全てが天使達からのサイン。
天使からのメッセージ！
意識していないと見落としてしまうサインとメッセージで私達の世界は溢れている。

窓の外に目を向けるとお寺の本堂が目に留まった。その本堂の屋根には鳥が三羽、この鳥達は家族なのだろうか。きっと家族だと思う。甲高いピッコロの様な鳴き声を聞きながら、胸がほっこり、温かくなった。ミーはいつもと変わらず、私のベッドの上で毛繕いをしている。その光景に私の目は細くなり、頬がゆるんだ。そして、ミーの頭を三回、撫でた。ミャ～と鳴き、私の顔をマジマジと見た。

その顔が

――いつまでパジャマでいるのじゃ。

と言っているようだった。私はパジャマを脱ぎ、モコモコのオフホワイトのセーターと赤色のニットのスカートに着替えた。

私は今世紀、寺の娘として生まれた。生まれる日、育つ環境、両親を私達は自ら選んで生まれてくると聞いた事がある。本当なのだろうか?

もし本当なら何故、私はここを選んだのだろう。何故、この両親を選んだのだろう。

普通に好きな人と結婚すると思っていた。人が普通にできる事が私にはできない。悲しかった。来年の誕生日が来ると私は五三歳になる。未だに私は少女のように幸せな結婚生活を夢見ている。毎晩、ベッドに入ると神様にお願いをする。

『明日、運命の人と出逢わせて下さい。』

仏様でないのが少し心苦しいのだが、細かい事は気にしない。この年まで結婚ができないのは、母親のせいだと思っていた。私は異常なまでも彼女が嫌いだった。早く死ねばいいと、本気で思っていた。私の穏やかな人柄と雰囲気からは想像もできない事を心の奥底では渦巻いていた。

名前は高山《たかやま》千穂《ちほ》、高千穂の様に凛とした美しい女性になります様にと父の聖人《きよひと》が付けてくれた。自分の名前は気に入っている。名前に山と稲穂の穂があるからだろうか、自然が大好きだ。大好きと気づいたのは実はここ数年の事だが。

そして、私には兄が一人いる。彼はこの寺の跡取りだ。五年程前、父から住職の座を引き継いだ。兄で二八代目になる。この寺は鎌倉時代に建てられた。最初は真言宗だったのだが、七代目の住職が改宗をして、浄土真宗の寺になり、現在に至る。

幼少期は祖父母、父、母、兄、私の六人家族だった。祖父は明治生まれにも関わらず、ローマ字が書けた。そんなカッコイイおじいちゃんは私の自慢だった。シルクハットの帽子を被り、袈裟を着て、自転車に乗り、檀家さん周りをしていた。

密かにドイツ語を勉強していたのだろうか、寺で行われていた日曜学校をリンデン日曜学校と名付けた。リンデンとはドイツ語で菩提樹という意味だ。お釈迦様が菩提樹の木の下で悟りを開き仏陀《ぶっだ》となった事から付けたのだろう。おじいちゃん、らしい！

祖母はいつも紬の着物を着ていた。子供の頃の遊び相手はおばあちゃんだった。母に遊んでもらった記憶はゼロ。おばあちゃんと隠れんぼをして遊んだ。おばあちゃんはいつも頭隠して尻隠さずで、着物の裾が猫の尻尾みたいにポロンと出ていた。すぐ終わってしまう、二人隠れんぼ。私は好きだった。

祖父母からの惜しみない愛情に包まれ、何不自由なく過ごしていた幼少期。でも、心にはポッカリ穴が空いていた。寺は男社会、跡取りの兄が優遇されていると感じていた。私は無意識の内に兄に嫉妬していた。兄は兄で生まれた時から敷かれたレールを上手く歩いていかなければならないプレッシャーがあったに違いない。小学六年生の時、二回、家出をした。でもすぐに見つかり、自宅に戻されていた。

私も小学生の時はいつも今度の日曜日が来たら家出をしようと思っていた。実際には行動に移す事はなかったが。また、兄は母の期待に応えるかの様に二回も頑張って結婚したが、バツ2。少し頼りないが優しい人なのに、優しさだけでは結婚は上手くいかないのだ。

寺というものは、かなり特殊な世界。我が家には大きな本堂があり、境内という庭があり、近くに畑まである。おまけにお墓まで敷地内にある。そんな一風変わった世界が私の日常だった。

父の聖人は高校で教師をしていた。休日は祖父と壇家さん周りをし、寺の仕事がない天気が良い日は柿畑の世話をした。甘くて美味しい富有柿、最近では父の代わりに私が柿の収穫をしている。

子供の頃、雨の日が好きだった。雨の日は畑仕事ができないから、父の運転する車で隣町にあるショッピングセンターへ出かけた。細やかな楽しみだった。父は決まってソフトクリームをスガキヤで買ってくれた。だからだろうか、今でもスガキヤのソフトクリームが好きなのだ。

父は自分の気持ちを話す人ではなかったが、夜寝る前には絵本の読み聞かせをしてくれる子煩悩な人だった。その反面、お茶碗の持ち方、お箸の使い方にはうるさかった。そんな躾に厳しかった父だが、私が二三歳の時、初めてカメラマンに撮影してもらった宣材写真を彼はこっそり財布に忍ばせていた事を私は知っている。そんな父は、今八四歳、介護老人保健施設で静かに生活をしている。

母親の元美《もとみ》は彼女も寺の娘だった。父と母の出会いはお見合い。祖父同士が知り合いだったから持ち上がった縁談だった。デートは一回、場所は京都だったそうだ。西本願寺で待ち合わせをしたらしい。寺の息子と娘らしい。私には無縁だけど…適当にお昼ご飯を食べた後、パチンコ屋に父は母を連れて行った。笑える。デートでパチンコとは…母は男の人とデートをした事がなく、このデートが初めてだったらしい。だから、デートとはこんなものかと思った。と言っていた。この一回のデートで人生が決まった。昔のお見合いは恐ろしい。結婚とはある意味、ギャンブルみたいな物なのかもしれない。

幼少期の私は母の笑顔を知らない。いつも控え目な人だった。私の記憶の中の彼女は洋裁の内職をしているか台所で料理を作っているかの二つの光景しか思い出せない。料理をしている時に近づくとびっくりする程の剣幕で怒られた。怒るタイミングを見計らっていたかの様に…いつも不機嫌だった。そして、極め付けはかなりの教育ママゴンだった。

～キンコンカンコン♪　～

外から午前十時を知らせるチャイムが聞こえる。
デジタル時計は10：00！

1000はエンジェルナンバー、
メッセージは『天使があなたを導いています』

――天使が私を導いている⁉

そう思った瞬間、私は部屋を見回した。すると、昨日の大掃除で見つけた何冊かの日記が目に留まった。南向きの窓から陽の光が差し込み、その日記を優しく照らしていた。無意識に日記を手に取り、パラパラとめくった。高校生の頃の私がそこに居た。丸っこい私の字、懐かしさと切ない気持ちが蘇り、胸がチクっとした。

大失恋

1987年3月14日

今まで生きていた中で一番、最悪の日
尚志《なおし》君にいきなり振られた
どうして
涙が止まらない
死にたい
死にたい
死にたい

死んでしまいたい

日記に認められた『死にたい』。この言葉に私は釘付けになった。え!! 死にたいと思った事があったの?? その事に驚いた。

高校一年生の時、大失恋をした。昨日まで仲良く話していた彼からいきなり、振られた。思い当たる原因は一つ、母がこの交際に反対していたことだった。何故なら、この数日前、陸上部顧問の浅井先生に私は呼び出され、「五組の林と付き合っているそうだけど、お前とは合わないから別れろ」といきなり言われた。浅井先生がそんな事を言うはずがない、母に頼まれたのだと稲妻のような直感が走った。今、思い返せば、この事がきっかけで母との確執が生まれた。

「お母さん、浅井先生に何か言ったでしょう。今日、林君と別れるようにと言われた。何で、そんな事、浅井先生に言われなきゃいけないのよ。お母さんが裏から手を回したのでしょう」と怒りをあらわにして問い詰めた。母はとぼけて、
「私、何も知らないわよ。成績も落ちているからその方が良いとお母さんも思うわ」
と料理をしている手を止める事なく淡々と言った。美味しそうな煮魚の匂いだけがそこに漂っていた。成績は下がってなんかいなかった。むしろ、上がっていた。

また、同じ時期に両足を疲労骨折してしまった。片足でケンケンする事ができなくなり、両足が腫れ上がり、痛かった。私の心と同じように痛かった。走る事が大好きだった。走る事ができなくなった。母の期待に答えられる程、勉強はできなかったが、足は速かった。運動会ではリレーの選手に選ばれた。中学から陸上を始め、高校も陸上部に入った。ただシンプルに走ることが好きだった。陸上部を辞めた。

好きな人と大好きな事を私は一度に失った。失恋のショックと走れない憤りを紛らわすかの様に、夜な夜な遊びに出かけるようになった。『可愛いヤンキー』と言われるようになっていた。好きな人とは上手くいかない。この経験が私の潜在意識へと刻まれた。

あの頃を少し思い出した私の目はうっすら涙でにじんでいた。感情には時間が無い。自分の書いた丸っこい字を通して心は高校生へとワープしていった。

ミヤァ〜♪　とミーが鳴き、膝の上に乗った瞬間、私は今へと戻った。猫は人の気持ちを敏感に察知する能力があるらしい。私の悲しみを慰めるかのようにミーは私を見つめている。優しい瞳。ミーを撫でながら日記の続きに目を向けた。

人生のターニングポイント

1988年7月5日

進学する事に決めた
今からなら、まだ間に合うと思う
貴ちゃん！　ありがとう！

高校三年生の夏、私は進路に迷っていた。高校二年生の時、夜な夜な遊んでいた。貴ちゃんに相談したら、こう言われた。

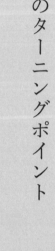

「大学行きな。あんただったらこれから勉強したら大丈夫だから、私はいくら頑張っても大学なんて無理だからさぁ。私の代わりに大学に行って、勉強してよ！」

心のやる気スイッチが入った言葉だった。高校を卒業してから貴ちゃんに会っていないが彼女のこの一言が人生のターニングポイントになった事は間違いない。生きていると自分で何かを選択する時が必ずある。その時に誰かに言われた一言が人生の分かれ道を決断するスイッチになるのだ。『誰と出会うか』私にとって人生のキーワードになっている。彼女から『大学、行きな』と言われなかったら、きっと大学には進学していなかったと思う。

こうして、私は地元の短大に進んだ。英文科だった。母は英文科の響きが気に入っている様子だったが一つ問題があった。そこはクリスチャンの学校だったのだ。

寺の娘が聖書と讃美歌の本を買わなくてはならない事態に陥った。宗教学の教科があり、必須科目だった。

「聖書と讃美歌は絶対に家に持って帰ってこないで！　おじいちゃんに見つかったら大変な事になるから、わかった」と母は強く私に念を押した。

聖書と讃美歌は卒業式までロッカーの中に入れっぱなしにしておいた。宗教学の授業は意外と面白かった。仏教と似ている所がある、そんな印象を受けた。高校とは打って変わり、短大は楽しかった。受ける科目を自由に選択できる、私の性分にあっていたと思う。

人生のターニングポイント

青天の霹靂《へきれき》

１９９３年４月１日　入社日

ホテルに就職
初めての一人暮らし
ボロボロの寮もそのうち慣れるさ
今日から、３か月の研修が始まる
研修後、フロント課に配属されれば良いな
とりあえず、研修、頑張るぞぉ〜〜〜

短大を卒業した私は、長良川沿いにあったホテルに就職した。長良川は岐阜県郡上市《ぐじょうし》の大日ケ岳《だいにちがたけ》に源を発し、三重県を経て揖斐川と合流し、伊勢湾に注ぐ木曽川水系の一級河川で四万十川、柿田川と共に日本三大清流の一つと呼ばれている、そんな美しい川を近くで眺める事ができるホテルに入社した。

二十歳の私はやりたい事が何もなかった。取り敢えず、社会人として必要なマナーをしっかり身に着けられる職場はどこか？　と考えた結果、当時、あまり人気がなかったホテル業を選んだ。三年経ったら辞めるつもりだった。三年の間にやりたい事を見つけよう、そう決めていた。念願が叶い、研修後、新館のフロント課に配属された。最初の二年はエントランスに立っていた。お客様のお出迎え、部屋への案内、ロビー・エントランスの掃除、ＶＩＰの顔と車種を覚える、花の名前を覚えるなどが仕事だった。花の名前とはロビーに大きな壺があり、花が生けてあった。毎週月曜日に花屋さんが入れ替えをしていた。毎週、花が変わり、その花の名前を覚える事も仕事の一つだった。そして鵜飼のシーズンにはお客様が履く、下駄を用意した。

エントランスに立っていた時は早番と遅番があった。遅番は夜の十時まで仕事をした。夜遅くなる日が月の半分ほどあった。そのため、慣れるまでホテルの寮に入った。親元から離れての初めての一人暮らし！　自由を手に入れた私はワクワクが止まらなかった。

エントランスの仕事にもすっかり慣れた頃、母から電話が入った。

1995年2月20日

母から珍しく電話がある
そろそろ、家に戻ってきて欲しいと言われた
何かあったようだ
詳しくはわからない…

寮生活も二年が経ち、フロントカウンターの業務に変わった事を機に寮を出て、私は自宅から通う事にした。何となく戻った方が良いのだろう。そんな雰囲気を感じていた。新車を購入し四十分程の道のりを通うことにした。新しい車、人生で初めて買った車にも関わらず、気持ちは弾むどころか、重かった。

この頃、父は高校で日本史の教諭をしていた。相変わらず、休日は檀家さん周りと柿の世話をしていた。昔と変わらず働き者の父だったが、変わったと言えば、お酒を飲むと機嫌が悪くなっていた。そしてお酒の量が増えていた。時折、夕方になると「今日はご飯、いらない」と父から電話が入ることがあった。私がたまたまその電話を取り、母に伝えた。母の顔が一気に曇った。そして、「お父さん、浮気しているのよ」と淡々と無機質に鍋から目を逸らすことなく言った。

「いつから？」

「半年前かな？　もしかしたら一年前かも…」

「そうなんだ」

「探偵に調べてもらったの。どこの誰かも知っているから」と少し誇らしげに言った。

「これから、どうするの？」と聞いたが、母は何も言わなかった。
ただ、お鍋からカレーの美味しそうな匂いだけが漂っていた。

～キンコンカンコン♪ ～

正午の時報だ。私は一旦、日記を伏せた。ミーはいつの間にか、私の膝から消え、窓際でウトウトしている。温かい陽の光に誘われ、窓を開け、外の空気を思いっきり吸った。しばらく、ぼぉーと庭を見つめた。私の目は無意識に蝶を探していた。ミーは一回大きく伸びをしたかと思うと、起き上がり、私が今、開けたばかりの窓から屋根伝いにどこかへ出かけて行った。
「ミーちゃん、早く帰って来るのよ」と声をかけた。聞こえているのか、聞こえていないのか…ミーは振り向きもせず、お尻をフリフリしながら瓦屋根を上手に歩いている。流石、猫♪ そして、境内へと降りて行った。私はミーがお尻をフリフリしながら歩く姿がとても好きだ。なんとも愛おしくて可愛い。

何気に時計に目を向けると針は12：12

エンジェルナンバー『1212』のメッセージは

『深く考え過ぎず、楽観的になりましょう』

私はお腹が空いている事に気が付いた。朝から何も食べていない。一階のキッチンに行くと七九歳になった母がミカンを食べていた。

「私、今日は一時からデイサービスに行くから」と母が言った。人とのコミュニケーションが得意ではない母だが、デイサービスはどうやら楽しいと見える。

私はカルディで買った、ギータのカレーを食べる事にした。レトルトカレーなのだが、フライパンでお手軽に本場のインドカレーを作る事ができるこのカレーにはまっている。甘口でもかなり辛い。一度、辛口を間違えて買ってしまった。罰ゲームのような辛さだった。私のお気に入りは海老カレー。海老に火を通し、付属のスパイスを振りかけ、軽く炒める。そして瓶に入っているルーを加え、十五分煮詰めたら出来上がり♪　このカレーは瓶に入っているのだ。パウチでは

なく瓶とは珍しい、そこも推しポイントなのだ。キッチンでカレーを食べていると一時ジャストに

「こんにちは、お迎えに上がりました」と女性の声が勝手口から聞こえた。母はそそくさと鞄を持ち、子供のようにニコニコと靴を履き、出かけて行った。庭の境内で遊んでいたミーがどこからともなく現れ、母が乗り込んだお迎えの黄色の軽自動車を私と一緒に見送ってくれた。

お腹一杯になった私はノリタケのお気に入りのカップと花柄の陶器ポットに紅茶を入れ、お盆に乗せ、二階の自分の部屋へと向かった。階段を上がる私の後ろにはミー。どうやら私のベッドでお昼寝タイムのようだ。紅茶をカップに注ぎ一口飲むと、また私は日記を開いた。

長袖の白いブラウスを着た、あの女《ひと》

1995年6月3日

今日はとても疲れた
父の浮気相手と対決
お世辞にも綺麗な人ではなかった
言うことは、言った
これで、おさまると良いな

今日の事は誰にも言えない…

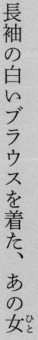

こういう事が現実に起こるんだ
ドラマの世界だけかと思っていた

初夏の若葉香る、日曜日だった。外は暑かった。私は休みを取り、隣町にあるショピングモールへと車で向かった。一階の入り口付近にファミリーレストランがあった。その前で私は父の浮気相手の女の人を待った。

私は母からその女《ひと》の住所を聞き出し、こっそり手紙を送った。母はその女《ひと》の事を何でも知っていた。父と同じ職場の二八歳、国語の教諭だと教えてくれた。私より六歳年上だった。六歳しか違わなかった。浮気調査の費用は一週間張り込んで三十万円ほどと記憶している。二五年前で三十万円、相場なのか、高いのか…母は探偵まで雇って浮気の現場を抑えたかったのだ。

『一度、お目にかかりたいのでお会いできますか?』と認《したた》めた。すると意外にもすぐに返事が届いた。封筒の裏には差出人の名前はなかった。国語の先生らしい規則正しい文字が並んでいたがどこか寂しく、どこか冷たい、そんな印象の字だった。

私は母に頼まれた訳ではなかった。自主的にこの女《ひと》に手紙を書き、会って話を付けてやると意気込んでいた。浮気をしている父が許せなかった。いつも夜寝る前に読み聞かせをしてくれた父が大好きだった。だから…許せなかった。


ファミレスの前でしばらく待っていると、女の人がこちらに向かって歩いて来る。この女《ひと》が父の浮気相手だと直感が走った。白い長袖のブラウスにジーンズ姿だった。この暑いのに長袖を着ている、違和感を覚えた。当たり前のように私の目の前にその女《ひと》は無言で立ち止まった。

「友美《ゆみ》さんですか？」と私は尋ねた。

今にも死んでしまいそうな蚊の鳴くような声で「はい」と頷いた。気まずい空気に居ても立っても居られず、

「中、入りますか？」と私は言った。

「はい」とまた弱々しく言った。

お前は『はい』しか言えないのか！　と心の中で苛立った。席に座り、目の前の女の人をマジ

マジと見た。お世辞にも綺麗な人ではなかった。顔はアトピーのように爛れ赤かった。暑いのに長袖を着ていた理由が分かった。白いブラウスから透けてアトピーの肌が見えた。女の色気も一切なかった。何故、こんな人と父は浮気をしているのか不思議だった。私は勝手に男の人が浮気相手に選ぶ人は派手でまあ綺麗で色気のある人と思っていた。この思い込みは勘違いだった。

時が経った、今、もしかしたら父は浮気ではなく本気だったのかも…と思う。

珈琲だけ、私達は頼んだ。顔を上げず、俯いている姿を見ていると息が苦しくなった。私は単刀直入に聞いた。

「父と結婚するおつもりですか?」

こんな質問が最初からくると思っていなかったのだろう。言葉に詰まっていた。モジモジしている姿に心臓の奥からムカムカと何かが蠢《うごめ》き出す。今でもそうだ。モジモジしている女の人を見ると、意味も無く、ムカっとする。

暫くしてから

「……そんなつもりは」と絞り出した声を聞き、

『だよね！　そんな事は知っている！』と

私の脳内会話は答えた。私は続けてこう切り出した。

「ご存知かとは思いますが、家がお寺なので…」

お寺なので…お寺なのでこのような事が明るみに出たら、我が家は終わりなのよ。最後まで言わなくても理解している様子だった。

「今、家の中、大変なことになっているのです」と私は付け加えた。

「えぇえ。そうなのですか？　いつも大丈夫？　と聞くと大丈夫と言っていたので」と

漸《よう》く《や》会話らしい会話を交わした。

『父が本当のこと、言うはずないでしょう！』とまた、私の脳内会話は叫んだ。

「父と別れてもらえますか」ときっぱりと言った。

この言葉だけをこの女《ひと》に言う為に手紙を書き、休みを取り、今日、ここに来たのだ。この言葉を言った後、達成感と高揚感が湧き上がった。

「……わかっています」と言って俯くその女《ひと》の心の中は『あんたにそんな事、言われなくても分かっているわよ！』とその女の脳内会話は叫んでいた。生命力を感じないこの女《ひと》からこの時ばかりは熱いものを感じた。冷め切った珈琲に私は少し口を付け、席を立った。

私は大きな溜息をつき、日記から目を逸らした。天井を仰ぎ、大きく深呼吸をした。時計の針の音だけが耳に入ってくる。時は確かに流れているのだと感じた。

私の心には罪悪感が漂っていた。自分が言われて一番傷ついた言葉を、あの時、私はこの女《ひと》に言ってしまっていた。高校時代、部活の顧問の先生に『お前には合わないから別れろ』と言われ、大失恋した記憶。

深く傷ついたにも関わらず、私は無意識に同じ事を人に言っていた。

これが、ブーメランの法則。言われた事を言ってしまう。それも無意識に…

動き出す悲しみ

1995年6月20日

『F』の暗号を今日も書いた
ホテルの仕事に疲れてきた今日この頃…
そろそろ、辞めたいかも…

父の浮気相手と会ってから何事もなく数週間の時が過ぎていた。家の中は平穏を保っているかの様に思われた。私は相変わらずフロントカウンターに立ち、チェックイン・チェックアウト業

務を熟していた。チェックインの際、お客様カードに名前、住所、電話番号を書いてもらう。時折、私はこのカードに『F』の暗号を書いた。『F』とは『不倫』の略だった。不倫だと思われるカップルにはこの暗号を書くと決められていた。チェックアウトした後、何らかの事情でお客様に連絡を取りたい場合がある。

その際、この『F』の暗号の記載がない場合のみ電話ができた。この頃、私は『F』の暗号をカードの隅に書く度に心の奥がチクチク疼いた。世の中の人はこんなにも不倫をスポーツをするかの如くしている。その現実が疎ましかった。

1995年7月1日

仕事終わりに母に電話をした
電話しなければ良かった
今日は今世紀で一番、最悪の日…

悲しい
許せない

私はいつもの様にホテルでの仕事を終え、いつもはしない電話を母にした。何故か電話をしなくてはという衝動に駆られた。

母が電話口で

「お父さん、今夜　ご飯いらないって…」これだけ聞いた私は一言、「分かった」と言って受話器を置いた。

言葉にしない会話が私と母の間で成立していた。子供は恐ろしい程、母親の気持ちが分かるのだ。母親が望む事を無意識の内にしている。私達は人から無言のマインドコントロールをいつの間にか受けているのかもしれない…

無意識に私の足はあの女《ひと》の住むアパートに向かっていた。私は何がしたいのか?あの女《ひと》のアパートに行ってどうしたいのか?　この時は何も考えていなかった。とにかくあの女《ひと》のアパートへ車を走らせた。母の指図を受けた訳ではないが、母が望んでいる事だった。その事を私は知っていた。車の中からあの女の部屋の灯りが確認できた。西の空は綺麗な茜色に染まっていた。そのアパートの近くの田んぼの脇に見覚えのある車が停まっていた。父の車だった。心の中の風船がパンと勢いよく割れ、悲しみと怒りが湧き上がった。この部屋の中にお父さんがいる。自宅ではない別の空間で寛いでいる姿を想像するだけで、ゲロが出そうだった。私はすっかり冷静さを失っていた。闘牛の牛の様に戦いモードに入っていた。鼻息荒く、公衆電話を探した。角のタバコ屋さんに赤色の公衆電話が目に入った。時限爆弾がチチチとカウントダウンを始めていた。

「もしもし」と怯えた様な声であの女《ひと》が電話に出た。私は名前を敢えて名乗らなかった。

「父、今、そちらに居ますよね。代わってもらえますか?」しばらく無言が続いた。

「居る事は分かっています。父の車が停まっていますから…」

沈黙の後、私は

「あんたに用はないんだよぉ。代われって言っているんだよ。」と怒りを顕にした。

誰かの人格と私の人格がすっぽり入れ替わったかの様だった。この時、私は得体の知れない何かに憑依されていたのかも知れない。こんな乱暴な口調になった自分に一瞬だけ戸惑っていた。女は無言で『ガチャン』と電話を切った。この逃げ腰な行動に怒りの沸点がＭＡＸになった。『別れて下さい』とお願いしたのに…あの約束は何だったのか…　いや約束した訳ではなかった。私が一方的に言った事だった。男と女はそんな簡単ではない。第三者が『別れて下さい』と言った所で、その言葉は何の意味も持たず、風と共に跡形もなく消え去っていく。子供の私にはそんな事も分からなかった。私はただ今の生活が壊れていく事が怖かった。だから、あの女から父を取り戻したかっただけだった。

私は再びあの女《ひと》のアパートへと向かった。二階建の歩くとキシキシと音が出る、新しいとは言えないアパートの階段を上がった。左奥の一番端があの女《ひと》の部屋だった。

ドアノブに手を掛けようとした時、その扉が開いた。中から父が慌てて、ズボンを上げながら出てきた。その滑稽で間抜けな姿を私は見てしまった。自分の娘と浮気相手の部屋の前でハチ合わせになるなんて…考えただけでも世の男性はゾッとするだろう。

「千穂、なんでお前がここに居るんだ。」と父が叫んだ。

「なんでて…お父さんこそ、なんでこんな所に居るのよ。」と滝の様に流れてくる涙を堪えながら罵声を浴びせた。私も父も錯乱状態だった。

いつしか、お父さんは私の両腕を強く掴んでいた。私は人目を憚る事なく「私に触るなぁ。けがらわしい。」と言い放ちながら力強く振り解いた。ドロドロの韓国ドラマさながらの光景だった。

そのあと私はどの様に車に戻り、あの女《ひと》のアパートを後にしたかは全く覚えていない。その晩は家に帰る気分になれず、友人の部屋に泊めてもらった。その友人は千秋《ちあき》ちゃんと言った。二二歳でシングルマザーの道を選んだ。生まれたばかりの男の子を1DKの小さな部屋で育てていた。

父は、その後、自宅に戻る途中に車ごと田んぼに突っ込み、単独事故を起こしていた。バチが当たったのだ。

『ざまみろ』と心の中で毒を吐いた。この晩に起こった事は母には言わないでおこう。静かに胸の奥へと仕舞った。

壊れゆく心と家族

1995年9月5日

和ちゃんに付き添ってもらい
初めて心療内科という所に行った
しばらく通う事になりそう

この頃の私は、夜眠る事ができなくなっていた。幼馴染で看護師をしていた和ちゃんに紹介してもらい初めて心療内科という所に行った。ここのクリニックは、表向きは内科の看板を掲げていた。その方が敷居は低くなるからだろう。待合室はいつも患者さんでいっぱいだった。診察まで長い時は2時間程、待たされた。診察までの間、私だけ別室へ連れて行かれた。その部屋には黒い革張りのリクライニングチェアーとテレビだけが置いてあった。テレビ画面からは『川と水の音』『樹木と鳥の囀り』といった映像が流れていた。知らず知らずの内に眠ってしまう時もあった。診察の後、睡眠薬をもらった。薬は二週間分しか貰えなかった。二週間に一度、通う日々を送った。

1995年10月3日

父が暴れた
怖い
部屋に鍵を付けた
これで大丈夫

仮面夫婦を装いながら過ごしている父と母を見ている事が辛かった。父は自宅で夕飯を食べる時はかなりの量のお酒を飲んだ。お酒が入ると突然別人格になり、酷い時は暴れた。怖かった。お酒を飲み、暴れる事で父は自己防衛していたのだろう。今ならその心理がわかる。責められて当たり前だと、父自身、重々分かっていたに違いない。

乗ってしまった船から途中で降りられなくなっていたのだろう。誰かに無理矢理引きずり降ろされる時を待っているかの様だった。父は普通に仕事に行き、普通にお寺の事をしながら、心と現実の狭間で自分を責めていたに違いない。私も母も父の事を責めていた。『浮気したお前は酷い奴だ』と心の中で罵っていた。

1995年10月15日

もう駄目かも…

心も身体も限界のようだ

プライベートでは昼ドラさながらの事が起こっているとは、ホテルの上司や同僚は気づくはずもなく、私は普通にホテルで働いていた。時折、チェックイン業務の際、お客様カードに『F』の暗号を書かなければならない現実に嫌気が差していた。ここにも父親と同じ事をしているおっさんが泊まりにきている。奥さんはいるのだろうか？　子供はいるのだろうか？　他人事だがあれこれ詮索してしまう私がいた。ミミズが這いつくばった読めない字で名前と住所を書く、不倫野郎のおっさんをにこやかな眼差しで見つめる奥では、『この事が奥さんにバレてしまえぇ』と思っていた。

こんな辛い気持ちを一人で抱えている事が不愉快極まりなかった。神様は不公平だ。世の中の全ての人が不幸になれば良いと真剣に思っていた。

その日も私はいつもの様にフロントカウンターに立っていた。そんな中で私の身体に異変が起きた。この頃は精神的にもギリギリだった。立っている事が精一杯だった。

『もう駄目だ』と思った瞬間、意識が飛び、フロントカウンターの中でバタンという音と共に倒れてしまった。そのまま、四畳半の和室がある女性休憩室へと運ばれ、横になった。これ以前にも度々、突然、一瞬意識を失い、倒れてしまう事があった。
薄暗い部屋で天井を見つめながら『ここで働くのも、そろそろ限界だな』と思った。両目からは一雫の涙が頬を伝った。

この二ヶ月後、一身上の都合によりホテルを退職した。ホテルにとっては書き入れ時のクリスマスパーティーやディナーショーを終えた、12月末の事だった。一方、母は巧妙に次の一手を打っていた。父とあの女《ひと》は時折まだ会っている様子だった。

1996年4月1日

今日は教員人事異動の公示日だった
あの女《ひと》が遠くの学校へ飛ばされた
何の感情も沸かなかった

あの女《ひと》は異例中の異例で遠くの学校へと飛ばされた。同じ県内だが、高速を使って一時間はゆうにかかる場所だった。今、住んでいる所からかなり遠い。否応無しに引っ越さなければならない。物理的にすぐに会えない場所へと追いやられた。

これで以前の様な幸せな生活が戻って来ると疑わなかったが、深く掘られた溝は直ぐに埋まる訳もなかった。

～キンコンカンコン♪　～

午後三時の時報だ。
午後の日差しが暖かい。
私は静寂の空間に包まれていた。
静寂の中に我を見る。
静寂の中で我と繋がる。

軽く目を瞑り、深く呼吸をした。
何度も丁寧に深呼吸をしながら
『我を見る』『我と繋がる』この感覚を味わった。
気づくと十五分ほど経過していた。

デジタル時計は15：15を指していた。
『1515』のエンジェルナンバーのメッセージは
『自信を持ち、前向きな気持ちで進む』

しばらくベッドの上で寝ていたミーが起き上がり、読んでいる日記を押しのけ、私の膝の上に乗った。撫で撫でして〜のアピールだ。ミーの背中や顔周りを撫でながら、幸せそうな彼の顔を覗き込んだ。すると、私の顔をジーと見つめ、何か言いたげな顔。ミーは時折、私の顔をジーと見つめてくる。逸らす事なく真っ直ぐな視線を投げ掛けてくる。あまりにもガン見してくるので「ミーちゃん、なぁあぁに？」と聞いた。すると、どこからともなく…

『お前の使命はいつも美しくいることじゃ』と聞こえた気がした。

今度は私がミーをガン見した。

『顔とかではないぞ。心の事だぁ。いつも心を美しくしておくのじゃ。

それがお前の使命じゃ』心臓がドキッとした。ミーは、私に必要なメッセージを届けてくれる、宇宙からの使者、メッセンジャーかも⁉　ミーの目の奥は宇宙と繋がっている。宇宙からの使者？

は私の膝の上で眠り始めた。猫は瞬殺で眠りに入る事ができる。この速さは宇宙一だと思う。私は次の日記に手を伸ばした。ホテルを辞めてからの事が綴られていた。

友達以上、恋人未満

１９９６年７月１日
今日から名古屋でバイト
バイトの後はタレント養成所での初レッスン♪
夢に一歩、近づいた日

私はこの頃、名古屋の伏見にあった信販会社でアルバイトをしながら週三日、夕方からタレント養成所に通うようになっていた。

ホテルに居た時にアナウンス業務を担当した際、『うぐいす嬢みたいだね』『上手いね』と褒めてもらえた。その事がきっかけとなり本気で声を使う仕事をしたいと志が芽生えていた。大人から褒められた経験が少なかった私は心の底から『上手いね』の一言が嬉しかった。褒めてくれたのは営業部の林田課長だった。

林田課長と父は同じ位の年齢だった。きっと私は林田課長と父を重ねていたに違いない。褒められる事で自信が持て、自己肯定感が上がった。やりたい事が見つかり、心の傷は少し癒えた様に見えたが、依然として睡眠薬を飲んでいた。ミントス程の小さな粒を一錠飲む、そんな日々が続いていた。その粒が無くてはならない大きな存在になりつつあった。この粒をこれから先も永遠に飲み続けなければならないのだろうか…飲み続ける事に何故か罪悪感に苛まれていた。感じる必要のない罪の意識。

堂々と飲めば良い。飲んでゆっくり眠れるならそれで良いと割り切る事が私にはできなかった。きっと潜在意識の深い所でこのままでは駄目だと思っていたからだろう。薬を飲めば一時は安らかになるだろう…でも継続はしない。この負のループから抜け出したいと心は叫んでいた。

負のループから抜け出すきっかけを作ってくれたのが腐れ縁の剛君《つよし》だった。剛君とは短大時代に出会った。友人のお兄さんのサークルの後輩で彼は私より二歳年上だった。たまたま、高校を卒業した三月、そのサークルが主催したイベントに誘われ参加した事がきっかけで出会った。その時、彼には彼女がいた。その事を私は薄々気づいていた。最初はあまり相手にしていなかった。口が悪く、ジャイアン気質の彼の事がちょっぴり苦手だった。人の心に土足でグイグイ入ってくる、デリカシーが無いというか、強引というか、人の事を気にしない所が苦手だったが、いつしか、そんな飾らない人柄に私は惹かれていった。私にはない物を彼は持っていた。

短大の頃から時折二人だけで遊ぶようになっていた。高校時代の大失恋のトラウマがあったからだろう。ちゃんとした形を取る事を私は無意識に拒んでいた。

誘われれば遊ぶというスタンスを取っていた。私の目からは彼はそのサークルの中でも目立つリーダー的な存在に映っていた。遊ぶ相手は沢山居るはずだ。わざわざ、誘ってくるのは何故なのか…私は正直不思議だった。

ある日、思い切って聞いてみた。

「なんで私の事、誘うの？　他に沢山女の子いるのに…なんで？」するといつもは不真面目でく

だらない事しか言わない彼が、

「…なんでかな…千穂ちゃんには他の子には無い、キラッと光る物があるからかな」と言った。

『キラッと光る物』私は嬉しかった。

その言葉も、もちろん嬉しかったが、質問に真剣に答えてくれた事が何よりも嬉しかった。こうして人は人と信頼関係を深めていくのだろう。質問に答える、シンプルな事だがこのシンプルな事ができる人に私は未だに出逢っていないのかも知れない。

見た目とは裏腹にこの人はいい人なのかもしれない…そんな風に私は感じていた。友達以上、恋人未満の関係が時には心地良く、時には切なかった。


彼には家族で起きているゴタゴタを少しだけ聞いてもらっていた。睡眠薬を飲んでいると話すと、

「夜中、眠れなければ、起きていればいいじゃないか。人と言うものはそのうち眠くなる生き物だから、眠れない時は無理して寝なくていいんじゃない」

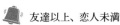

続けて
「薬なんか飲まなくても、三日も徹夜したら眠くなるから、心配するな」
何とも楽観的な発言に私はキョトンとしてしまった。

マトリックス風に言うならば、
『寝ようとするな。眠くなるまで待て』
マトリックスのセリフは確か、
『速くしようとするな。速いと知れ』
こんなセリフだったかなぁ…

私は何か肩の力が抜けた。おっしゃる通りだ。夜だから寝なくてはと思えば思う程、眠れなくて苦しかった。薬を飲んでいるにも関わらず、眠れない自分を責めていた。
この頃の私は何かにつけて自分を責めていた。自分を責める要素を探しているかの様だった。責め心、満載では心身共にリラックスには程遠く、副交感神経が優位に立つこともない。ゆっくり眠りたいのであればまずはリラックスする事なのだ。もっと言えば、適当にふざけた人生を送る事だ。真面目過ぎると身体に悪い。その事を私は知った。

1997年9月15日

今夜から薬は飲まない
眠れなければ、起きていればいい
物事を深く考えない

私はこの日から『睡眠薬は二度と飲まない』と決めた。決めると物事はそのように動くと言うが、本当だった。私は、薬を止めた。脱睡眠薬に成功した！

夜、眠れないならば、起きていればいい。ただそれだけの事と開き直った。約二年間、睡眠薬を飲む生活をしていたが思いのほかすんなり止められた。想像以上に簡単に止められた。その事に私は驚いた。

『この粒がなければ…私は生きていけない』と真剣に思っていたが、なにが、なにが、無くても生きていける。睡眠薬がなければの思い込みがあっさり外れた。外れると今いる世界が違って見える事を知った。


薬は止める事ができたが、物事をネガティブに大袈裟に考える癖は止めることができなかった。いつも悲劇のヒロインを演じていた。そんな私の面倒を見ることに彼はウンザリしていたのかもしれない。ある日、彼がこんな事をポツリと言った。

「ちーちゃんがもう少し人間性が良ければ、結婚を考えても良いんだけれどぉ…」

『人間性』その言葉の意味が全く分からず国語辞典で調べた。

『人間性』こう書いてあった。

『人間特有の本性。人間として生まれつき備えている性質。人間らしさ』

彼はきっとこう言いたかったに違いない。

「ちーちゃんがもう少し性格が良ければ、結婚を考えても良いんだけれどぉ」

国語辞典をバタンと伏せ、『私…性格悪いんだぁ』と悟った。金槌で頭を強く叩かれた、そんな気分だった。両手は国語辞典の重さを感じ、心も同じようにずっしりと重さを感じた。

それからしばらくは連絡を取ったり、取らなかったりとあやふやな関係が続いた。気づけば出会ってから十年の月日が流れていた。もうそろそろ、この関係を終わりにしなければ、終わりにしたいと思うようになっていた。実はこの十年程の間、付き合ってもいないのに何度も『もう会わない』『別れる』と私は剛君に暴言を吐いていた。その度に彼は呆れた様子だった。

この時の私はいつも以上に本気だった。二八歳という自分の年齢を考えると本気というよりケジメをつけたかった。二十代後半に差し掛かり、四捨五入すれば三十歳、そろそろ結婚したいお年頃だった。二八歳の5月、私は彼と別れた。

1999年5月11日

剛君と別れた
自分から言い出した事だが
悲しい
涙が止まらない

新緑が眩しい、爽やかな朝だった。自宅から車で五分の所にある、銀行へお金を下ろしに行った。そのついでに駐車場から半年ぶりに彼に電話をした。朝の十時だった。

彼がお値打ちに手に入れてくれた携帯電話、番号は覚えやすい数字をと選んでくれた。その携帯電話でかけた。

「はい」とテンション低めの声で出た。

「…私だけど」一瞬の沈黙の後、

「もう別れたい」といきなり言ってしまった。
「……わかった」と彼は短く言った。
私は明日また会うかの様に
「バイバイ」と言って電話を切った。電話を切った後、滝の様な涙が溢れた。
自分から言い出した事なのに、止めどなく涙が溢れた。あっけない最後だった。

そしてこんな言葉が脳裏をかすめた。
『今世紀も一緒になれなかった』
『今回は頑張ったんだけどなぁ。また駄目だったか』
『ご縁があれば、またどこかで会える』

ご縁があれば、またどこかで会える…泣きながら自分に言い聞かせた。過去生のカルマが絡み、平家と源氏の様な敵対関係の記憶を微かに私は思い出した。私はいつも彼の事を疑っていた。何かされた訳では無いのに、疑っていた。今ならわかる。疑いを持っている私と彼が結婚を考えるはずもない事を…

あの時、私は彼を疑っていたのではなく、私が私自身を疑っていたのだ。人は鏡、パートナーはどこまで行っても自分の心の投影でしかない。彼の嫌な所や許せない所は全て自分の中に同じ物がある。そして、心の中で思っている事が現実になる。

『どうせ、私以外にも女が居るのでしょう』と思っていた。だから、いつも彼の周りは女の人の影がちらついていた。『自分は浮気される女』と自分で自分にレッテルを貼っていたのだ。全ては『自分が自分の事を疑っている』が原点だった。私は完璧に疑いを引き寄せていた。今ならこのエネルギー法則が嫌という程、理解できるのだが…あの時は『自分が信じている事が現実になる』とは夢にも思っていなかった。

問題が好きな母

母は父に浮気をされて約二十五年もの間、精神科に通い、精神安定剤・睡眠薬を飲み続け、うつ病と診断された。挙句に買い物依存症になり、自殺未遂を三回、精神病院に四回も入院した。昼ドラさながらの人生を彼女はその後歩んだ。それでも今もなお生きている。生き続けている。人はそう簡単に死ねないのだ。

父の浮気が発覚して程なくして、母は安定剤を飲む様になった。私が心療内科に通っていた頃、同じく母も総合病院の精神科に通うようになっていた。母は主治医の勤務病院が変われば、その人を追う様に病院を変えた。心の病気が長引くのは薬が止められないだけではなく、その主治医に依存している所も大いにある。母は主治医に依存していた。優しく何時間でも話を聞いてくれ

る。話が終わると「お薬出しておきますね」と決まって言うのだ。依存体質の人は依存できる人を無意識に探し、無意識に引き寄せている。この人が駄目なら、次はこの人、依存できる人を変えるだけだ。

そして、病気が治ると困るのである。何故なら、健康になると優しく話を聞いてもらえないと潜在意識の中で信じているからだ。強く信じている事が現実を創っている。

最初は父の浮気がショックで眠れなくなり、薬を飲む様になったが、浮気という問題が無くなっても尚も薬を飲み続け、父を疑い続けた。一度、酷く裏切られると許す事はそう簡単ではなく、疑い続ける方が楽なのかもしれない。一つの人生の歯車が壊れると、負のスパイラルが作動する。一つ問題が解決したかと思うと、また次の問題が出てくる。終わりのない蟻地獄のような光景を私は父と母を通して長年見続けた。

人というものは問題が好きなのかも知れない。そして、新しい問題を自分で創り上げる力があるのだ。問題を創り上げる力があるのなら、幸せを創り上げる力も人には備わっていると思う。

母は自殺未遂を三回した。自殺未遂をするタイミングが決まっている事に私はのちに気づいてしまった。その時は全く気付く余裕さえなかったのだが。母は決まって、親戚が一同に集まる法事の前か、お寺の行事の前に決行したのだった。自分の命と引き換えてまで、その場に居たくなかったのだろう。居たくなければ、居なくてもいいのだが、大人の事情でそうはいかない。だから、とった手段が自殺とは…絶句である。浮気した父への当てつけもあったのだろう。母はこの様にして父に長い間マウントを掛けまくっていた。母の気持ちを代弁すれば、『私を裏切るとこうなるのよ』と、無言の罰を与え続けたのだ。

母は計画通り、法事の三日前、行事の三日前に自殺を決行していた。本気で死ぬつもりが無いから、未遂で終わる。自殺して亡くなる人と死ねない人の違いは何か…

私なりに考えて出した答えは、『本気の度合い』である。この三次元は強く信じている事が現実に起こる。母は自分の命を粗末に扱っているなどと思ってもいなければ、私が傷ついている事にも気づくはずもなかった。気づくどころか、母はどうしてもっと私の気持ちを理解してくれないのと周りを責めていた。この無言の責めるエネルギーが私を苦しめた。エネルギーは無言の最強の主張なのだ。母はこの無言の主張を大いに活用したのだった。

自殺未遂一回目…睡眠薬大量摂取
自殺未遂二回目…本堂で首吊り
自殺未遂三回目…除草剤を水で薄めて飲む

自殺未遂の後は父が発見し救急車で病院に運ばれるお決まりのパターンだった。

このパターンを繰り返す事、三回。父は私にポツリと…

「あいつは俺を苦しめる為にやっているんだ」と淡々と言った。

その言葉には感情などなく、救いを求める事もなく、この現実を受け止めていた。

『そんな事ないよ』とは口が裂けても私は言えなかった。母の行動は明らかに父への復讐でしかないと感じていたからだ。女の復讐は韓ドラ以上だ。命を引き換えに脅してくる。人として卑怯なやり方だが、ここまでさせてしまう男も罪深い。

私は父に

「お父さん、1回　ちゃんと謝ったら、ちゃんと謝ったら、こんな事、何度もしないと思うよ」

と言ったが、「お前まで俺を苦しめる事を言う」と言い、話を流した。

父は母に謝っていない。『謝る』悪い事をしたら謝ると子供の頃、教えてもらったはずなのに。父が母に謝らないのは、悪い事をしたと思っていないのかもしれない。

浮気ではなく本気の純愛だったのかもしれない。今、施設で暮らす年老いた父を見ると、もしも本気だったのなら…父はあの女《ひと》と一緒になった方が幸せだったのかも…と脳裏をかすめる。

男と女は魂の成長の為に心の投影を日々行なっている。自分の心の中は自分では見る事ができない。だから相手を通して見させてもらう。許せない男《ひと》が居るという事は自分の事を許せないのだ。命を大切にしない女《ひと》が自分のパートナーという事は自分自身、自分の命を大切にしていない証拠なのである。自分の命を大切にするとはどういう事なのだろうか？

自分の本音と向き合い、自分の気持ちに正直になる事ではないのか…
大人になると自分の本音を優先する事ができなくなる、大人の事情が絡んでくる…
命と引き換えに何を優先する事があるのだろうか…
何もない…
命＝心が一番大切なのでは…
一番大切にして欲しい命と心を…
何故なら、そこに魂が宿っているから…

私達は知らず知らずに自分の命を傷つけている。その事に気づいたならば、命を大切にできない自分をまずは許してみよう。そして、目の前にある草花に目を向けてみよう。きっと心が軽くなるはずだ。その為に自然はそこに存在している。

現実に起きている事の問題は外で起きているのでは無い。自分の心の中で起きている事なのである。私はこの事に気付くまで約二十年かかった。父と母の愛と憎しみを近くで垣間見ながら、私

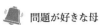

の心も次第に変化をもたらした。浮気をした父が許せない気持ちから、命を大切にしない母が許せないと変わっていった。あの頃の私は何を許せなかったのだろうか…何度も自殺未遂を繰り返す母の事が許せなかった。母の事が許せないという事は…私が私自身を許す事ができなかったのだ。

2000年6月20日

母の借金の事で
父が弁護士の先生に相談に行った。
家が一軒建つくらいの金額を着物に注ぎ込んだらしい…

母の一回目の自殺未遂の後、落ち着きを取り戻した矢先、母が莫大なる借金をしている事が判明した。着物を大量に購入していたのだ。月々5000円程のローンをいくつもしていた。金額が膨れ上がり、支払いが滞り、父の耳に入ったという訳だった。

家が一軒建つくらいのお金を着物に注ぎ込んでいた。どうやったらそんな大金を使えるのか不思議でたまらないが、心の隙間を満たすかのように着物を買い続けた母。

買っても、買っても、心は満たされる事は無かったに違いない。買い物では心は満たされない。物では人の心は癒せないのだ。借金の返済は全て父が工面した。

浮気の代償に…　母のプライドを傷つけた代償と言った方が適切だろう。つまらないプライドなんか持たない方が人は幸せなのだ。


大量に購入した着物のほとんどが私の物だった。私にしてみたらありがた迷惑だ。負の産物とは正にこの事だ。母の寂しさ、孤独、怒り、憎しみ、そして歪んだ愛で購入した着物、私はそんな着物を着る気にはなれなかった。お嫁に持って行くようにと用意してくれた物もあった。未だ嫁に行く予定はない。なんとも皮肉な結末なのだろうか。私は幼少の頃からお嫁さんになる事が夢だった。そんな普通の誰もが成し得ている些細な夢を私は叶える事ができていない。この現実が居た堪れなかった。私は寂しさや孤独を埋めるかの如く、仕事に没頭した。仕事があれば家に居なくても何も言われない。忙しく過ごしていれば、自分の悲しみを感じる暇がなく、好都合だった。仕事でキャリアを積む事やお金を稼ぐ事なんて本当はどうでもよかった。そんな物、欲しく無かった。心から欲していたのは穏やかな暮らしと魂の成長を共に成し遂げるパートナーそれだけだった。

チャレンジが好きな私

2003年1月8日
関空からカナダへ
博正君に送ってもらった
やっぱり、泣けた

ホテルを退職した後、タレント事務所の養成所に通っていたが芽が全く出なかった。仕事をもらう為に、イベント事務所に移り、イベントコンパニオン・ナレーター・司会の仕事をするよう

になっていた。二七歳から結婚式の司会を本格的に始めた。

三十歳になった時、短大を卒業して社会人になり十年の記念にと二ヶ月ほどカナダへ遊びに行った。このカナダ滞在で英語の重要性をヒシヒシ感じた私は戻ってから、バイリンガルの司会者になると、決めた。決めてから計画を立て、行動するのが私のお決まりのパターン。このやり方でやりたい事は全て成し遂げてきた。これからの私には英語が必要になると思い立ち、留学する事にした。キャリアアップを名目に親元から離れて生活ができる絶好のチャンスに心は躍った。両親から離れれば、幸せになれると思っていた。留学をする為の費用は留学すると決めてから貯めた。一年間、必死で働き、稼いだお金はほぼ貯金した。留学期間は一年間、この間、仕事はもちろんできない。事情を説明して全ての仕事を断った。私にとっては賭けだった。留学を終え戻ってきた時、以前のように仕事があるかどうか未知の世界だったが、そんな事はどうでもよかった。なぜなら、ワクワクしかなかったからだ。

なかには心無い言葉を浴びせる人もいた。

「英語を喋れて何になるの？　今どき英語を喋れる人なんて沢山いるじゃない？」と当時通っていたネイルサロンの恵子さんに言われた。そういう、貴女は英語が喋れるのですか？　答えは『N

0』だ。新しい事にチャレンジする時は必ず天からお試しがくる。

そのお試しにひるむ事なく進めるかがポイントなのだ。また、ビジネスパートナーだった幸美《ゆきみ》さんに「戻ってきた時、仕事が無いかもしれないよ」とも言われた。

悲しい気持ちと応援して欲しい気持ちの裏側で大きなお世話だと思う私がいた。三二歳で一年間カナダ留学という人生一大イベントをこの勝気な性格が力強く背中を押してくれた。

2003年9月30日

今日、久しぶりにゆっくり博正君と会った
「インストール」の意味が分からず、大喧嘩
多分、この人とは別れる事になると思う

カナダ留学まであと半年の頃、思いがけず彼氏ができた。同い年の彼、博正《ひろまさ》君はシステムエンジニアをしていた。私の年齢は三一歳になっていた。一年間、彼を置いてカナダに行く事になる。彼も承知で交際が始まった。きっと帰って来たら、『この人と一緒になるのかなぁ～』と漠然と思っていた。そんな夢もあっけなく消えた。原因は彼の一言だった。カナダ留学中、一度私は帰国した。兄の一回目の結婚と幼馴染の和ちゃんの結婚式に列席する為だった。そんな一時帰国中にパソコンに詳しい彼に父が使うパソコンを選んでもらい、使えるようにセッティングをしてもらった。ここまでは良かった。

彼が「あとはこれをインストールすれば良いから」と言った。

私は『インストール』の意味がわからなかったので素直に聞いた。

「インストールって何？」

すると、矢継ぎ早に

「インストールも知らないの？　いくら英語が話せるからって、日本に帰って来てもそんなんじゃ、仕事なんてないよ！」とまくし立てる様に言い放った。

続けて、

「俺、英語嫌いだから俺の前で英語喋らないでね」と釘を刺された。

私はただインストールが何か知りたかっただけだった。

心の中で
『私の質問に答えて！』と叫んでいた。抑えきれない感情が涙として溢れた。大粒の涙がとめどなく流れた。彼は私の大粒の涙を見て、慌てふためいた。

「そんな事で泣かなくても」と、私の頬に流れる涙を拭くが間に合わなかった。

この瞬間、私は『この人とは無理だな』と思った。


私なりにカナダで一生懸命勉強をしていた。その年月を全否定された気分だった。一瞬で私の心を傷つける事ができる、この人が怖いと感じた。一方、彼にとっては英語が話せない事がコンプレックスだったのだ。彼は二二歳の時、一年間ワーキングホリデイでニュージーランドに行っていた。一年間居たにも関わらず、全く英語が話せなかった。そして、私が一年間、側に居なくて寂しかったのだろう。寂しさゆえに出た言葉だったと思う。今なら彼の気持ちが理解できる。コンプレックスと寂しい気持ちをこのような言葉でしか表現できなかった。それだけの事だった。未熟な二人の現実は残酷な鏡合わせのオンパレードだ。悲しみ、怒り、憎しみ、自己否定、コンプレックスと残酷な鏡合わせは多種多様にわたる。人は鏡、自分の心を映し出してくれる。

ネガティブな感情だけではなく、ポジティブな感情も、もちろん、投影される。優しい言葉を投げ掛ければ優しい言葉が返ってくる。この、三次元は実はいたってシンプル。目の前の出来事や物事は自分の心を見せてくれる道具、ツールでしかない。

自分の心を知る為に私達は人と出会うのだろう。自分の悲しみを知る為に恋愛をするのだろう。

２００４年３月30日

34回目の誕生日!!
日本に完全帰国
もう少し居たい気持ちはあったが帰ってきた
しばらく、ゆっくりしてから仕事再開

頑張るぞぉ〜

私は三四歳の誕生日に日本に帰国した。帰国後、大喧嘩した彼から連絡が入ったが、忙しいと理由をつけて会わなかった。彼との別れはとても静かだった。何もなかったかのようにフェードアウトしていった。彼はプライドが高かったのでそのプライドを傷つけたくなかった。だから静かな別れを選んだ。それが、良かったのか？　悪かったのか？　未だに答えは見つかっていない。そして、結婚を逃した事に対しての後悔は微塵もなかった。

私は以前と変わらず司会業に励んだ。仕事が無くなるどころか、以前より忙しいくらいだった。『戻った時には仕事が無いかもよ』と言われたが、この時に痛感した。人の言う事は当てにならない。バイリンガル司会者になる、その夢も叶えた。私が創造していた現実が待っていたのだ。未来は自分で創れる。未来は自分でしか創れない。

私はこの事を知った。

カナダで生活をして視野が広くなっていた。カナダでの一番の収穫は年齢に対しての概念がひっくり返った事だった。今、私の中で、年齢は『グリコのおまけ』みたいな物だと思っている。おまけが欲しくてキャラメルを買う人もいれば、おまけはどちらでもよく、キャラメルが欲しい人もいる。年齢がおまけ、その人のパーソナリティがキャラメル！　おまけの年齢が重要と思う人もいれば、年齢よりもその人のパーソナリティのキャラメルが重要と思う人もいる。カナダでは日本ほど年齢に囚われない。ほぼ年齢を聞かれた事はなかった。自分よりも十歳下から十歳上までと幅広い年齢の友達ができた。ある意味、人と人との深いコミュニケーションの概念が変わった。

本格的に風の時代に入った二〇二二年からは戸籍上の年齢ではなく魂年齢にフォーカスをして人を受け入れ、認める事が大切になってくるのだろう。

綺麗な手をしたあの男《ひと》

カナダから帰国した頃、寺の本堂を建て替える話が出ていた。この話の鍵を握っていたのが、天然の木を取り扱っている高橋という男だった。この男は檀家さんでも門徒さんでもなかった。この高橋と、どこで出会ったのか私は知らない。気づいたら本堂の建て替えのキーマンになっていた。父は本堂を建て直したいばかりに高橋が持ってきた、投資話に乗ってしまった。

2005年12月5日

大変な事になった

これから、どうなってしまうのだろうか
父は騙されたのだ、あの男に…

またもや家が一軒建つ程のお金を失った。高橋は詐欺師だったのだ。父と母は騙されたお金を取り返そうと弁護士さんに相談に行った。父が手を付けたお金は本堂を建て直す為のお金＝寺のお金だった。わかりやすく言えば会社のお金を騙し取られてしまったのだ。穴埋めをする為にお金の工面に走る姿を私は近くで見ていた。その時、このまま二人は一緒に死んでしまうかもしれないと思う瞬間が何度かあった。もしこのまま二人が死んでしまっても私は一人で強く生きていこうと、心に誓った事さえあった。この時、人生で初めて人生の中で誰かの死を覚悟した。生き抜く強さとは心の筋トレのようなものだ。辛い経験やもう駄目だと思う経験を乗り越えてこそ、心が強くなるようだ。高橋から戻ってきたお金は微々たるものだった。父はこの時から二五年間、毎月騙し取られたお金を分割で返した。このお金を返している間はどんな事があろうとも父は生き抜くと私は確信があった。何故なら父はその借金を兄や私に残して死ぬような無責任な人ではないと私は知っている。二五年の完済が無事に終わり、父は今、施設で穏やかに暮らしている。

私は騙された事を責める気持ちはサラサラない。父は家二軒分のお金を今世紀工面したのだ。天晴れ以外の何物でもない。そんな父の事を心から尊敬している。父が浮気をしてから十年程の月日が流れていた、この頃になると父の事を許せない気持ちは遥か彼方へと消えていた。

詐欺師という者は巧妙である。ある意味、プロ中のプロ、父が騙されても仕方がないが詐欺師に近寄られた事は大いに反省しなければならない。同じエネルギーを持っているから近寄られたのだ。

負のエネルギーを引き寄せない為に私が日頃から心がけている事がある。

○焦らない
○愛で物事を見る
○人の悪口を言わない、言う人には気を付ける

○玄関周りの掃除は最低限、行う
○掃除の後はお線香を焚き、清める
○玄関に花を飾る

結界を張るには掃除が一番なのだ。綺麗な場所、綺麗な空間には邪悪な物は入ってこられない。だから、お花を飾る様にしている。玄関は一番、エネルギーの出入りをする場所だから、玄関をまずは整える、その事を大事にしている。

私は詐欺師の高橋の手を今でもしっかりと覚えている。男の人の割には細くて小さくて綺麗な手をしていた。人格と手が似つかわしくない、印象だった。

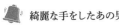

地球以外の惑星由来の魂を持った地球人が居ると聞いた事がある。その話を聞いた時、高橋の顔がふっと浮かんだ。あの人はもしかしたら宇宙人だったのかも…

そして高橋は病気を患っていた。この点は地球人ぽいのだが…前立腺がんだった。病気は魂からのメッセージとも言われている。
『ハート出版　自分を愛して！　リズ・ブルボー著』によれば、『前立腺のトラブルはもう一度人生を創造する力を取り戻せるように、という目的で起こっている』と書かれている。まともに生きるチャンスを病気は与えてくれていたのかもしれない。病気一つとっても生きる為のサインが隠れている。私達は見えない森羅万象から様々なサインをもらい、生かされている。その事にどれだけの人が気づいているのだろうか。

この頃の私の現実は、母の買い物依存症、父が詐欺師に騙され借金と、目まぐるしくお金に関する問題が次から次へと襲いかかってきた。そんな日々から逃れたい一心で、一人暮らしを始めるようになっていた。長良川と金華山が見える最高のロケーションの1Rの部屋を借りた。一人暮らしするなら長良川と金華山が見える部屋と私は決めていた。決めると現実が動く。イメージ通りの部屋が見つかった。八階建ての最上階の角部屋を借りた。窓からは花火が良く見える、何とも贅沢な空間だった。

自殺未遂を繰り返す母

2006年7月30日

母が2回目の自殺未遂をした
会いに行ったが会わせてもらえなかった

精神科とは病院によっては家族でも面会ができないのだ。自宅から救急車で運ばれたものだから近所の人にも知られていた。たまたま自宅に戻った時に道で近所のおばさんに出くわしてしまった。

「おくりさん、どこに入院しているの？　市民病院って聞いたからお見舞いに行ったけれど、受付で聞いたら入院患者さんの中におくりさんの名前がなかったのよ。」と言われた。※母は近所の人や檀家さんから『おくりさん』と呼ばれている。　返事に困った。この時、精神科の患者さんは入院している事を病院側は口外できない事を知った。

「変ですね。どうして名前がなかったのかなぁ」と、とぼけた。父は私に母が精神科に入院している事は誰にも言うなと、キツく口止めをした。今回はお寺の行事がある三日前の事だった。一週間程、母は病院に入院し、自宅に戻ってきた。病院ではなくホテルに滞在しても良いものの、自分を正当化できる滞在先が病院のベッドだったのだ。

自宅に戻って来てから、母は夕方近くまで寝ていた。夕飯を作る為に起きる。そんなルーティーンがしばらく続いた。薬はもちろん飲んでいた。

一緒に住んでいない分、私には心の余裕ができ、少しだけ母の気持ちに寄り添う事ができるようになっていたがいつも爆弾を抱えているかのように母に接していた。

『気に障る事を言うとまた自殺するに違いない』そんなレッテルを私は母に貼っていた。自分が信じている事、思っている事が現実化する。私は負の現実をクリエイションする事に成功した。

2010年6月20日

仕事中に父から電話があった
母が3回目の自殺未遂をした
仕事でミスを連発
最悪だ
心が乱れて仕方がない

その日、私は結婚式の司会の仕事の為、ホテルの宴会場でマイクを握っていた。日曜日だった。いつも仕事中は携帯を見ないのだが、その日に限って、見てしまった。

昼の二時、父から留守電が入っていた。嫌な予感が漂った。日曜日のしかも昼間に父が電話を掛けてくる事はまず無い。土日は仕事をしていると知っていたからだ。新郎・新婦がお色直しに行っている中座中にバックヤードにこっそり入り、留守電を聞いた。

父の落ち着いた冷静な声が流れた。

「お母さんが倒れて、今、南陽病院に運ばれた。今日行けるなら行って欲しい。メッセージ聞いたら一度連絡下さい」

南陽病院⁈　聞いた事のない病院だった。自宅から離れた場所にある事は察しが付いた。私は司会台に戻ったが、その後、ミスを連発した。披露宴の担当者・ウエディングプランナーの恵《めぐみ》さんが飛んできた。

「高山さん、急にどうしたの？　何かあった？　さっき、電話していたみたいだけど？　大丈夫？」

恵さんはしっかり私の行動を見ていた。母が三回目の自殺未遂をしましたとは口が裂けても言えなかった。どのように司会をしたのか、何を間違えたのか、何をミスしたのか、全く記憶がなかった。私は何とか仕事を終えた、その日は夕方から打合せが入っていた。

「先程の電話ですが実家からでした」と言うと、恵さんは何かを察したのか…

「この後の打合せは変更しましょう」と言ってくれた。

ミスをした事に対するおとがめはなかった。車の中から父に電話をした。病院から今帰ってきた所だった。明日、改めて行く事になった。私はそのまま一人暮らしの部屋へと戻った。

運ばれた病院が総合病院の精神科ではなく、専門の精神病院だった。絶対迷うからと一回目は父と一緒に行く事になった。言った通り、わかりにくい場所だった。ナビが言うままに車を走らせる事、一時間、県道から信号機のないT字路を右に曲がると急に登り坂になり、その上に病院はあった。かなりの山奥だった。母には会えなかった。

「会いたくない」と母が言ったからだ。病院の方の配慮だろうか、予約なしで先生に会う事ができた。主治医の先生は四十代後半の女の人だった。優しい雰囲気の人だった。少しだけ話を聞き、病院を後にした。

今回は法事の三日前に母は決行した。法事が終わり、落ち着いた頃に今度は一人で会いに言った。

２０１０年　６月25日

母に会いに行った
今日は会えた
誰かに取り憑かれているようだった
母が女の子に見える瞬間があった
部屋から紫陽花が見えた
とても綺麗だった

私は雨の中、一人で車を走らせた。無事に病院まで着けるか少々心配だったが、あのT字路の角に病院の大きな看板がある、その看板を目印に雨がシトシト降る中、車を走らせた。

「高山の娘ですが…」と受付で言うと

「今日はお一人ですか？」と聞かれた。

「はい、一人で来ました」

この会話の後、あっさり面会できた。

「どうぞ」と受付の女性が慣れた手つきで案内してくれた。扉には一つ一つ鍵が掛かっていた。一つ一つ、重々しい鉄格子の扉を開けてくれた。進むとそこは廊下だった。右側は鉄格子の窓、左側が部屋になっていた。二十室はあっただろうか。母の部屋の前に着くと、同じように鍵で扉を開けてくれた。

「高山さん、娘さんが来て下さいましたよ」と母に声を掛けてくれたが、返事はなかった。

「時間になりましたらお声をかけますので…」と言い、重い扉をバタンと閉め、外から鍵を掛けた。女の人の足音だけが微かに耳に残った。入るとすぐにベッドがあった。6畳ほどの部屋はまるで牢獄のようだった。昼間なのに部屋の中は不気味な程に薄暗かった。

「お母さん、カーテン開けるよ」と言って、部屋の奥まで進みカーテンを開けた。

窓を開けると、ここもまた鉄格子が付いていた。窓は五センチ程しか開かなかったがこの五センチの隙間から新鮮な空気が部屋に流れ込んできた。重い空気が一気に軽くなった。部屋の隅には古びたパイプ椅子が一脚置いてあった。それを広げ私は座った。

窓の外に目を向けると紫色の紫陽花がキラキラと咲いていた。とても綺麗だった。

ようやく母に目を向けると母は扉のすぐ側にあるベッドの上に壁にもたれながら、両足を伸ばし、座っていた。お母さんってこんな座り方するのだ、と思った。椅子に座っている姿しか今まで見た事がなかった。だからか、私は母に違和感を覚えた。

最初に口火を切ったのは母だった。

「法事はどうだった」と聞いてきた。

「無事に終わったよ。みんなが手伝ってくれたから何も困る事はなかったよ」と答えた。

「お母さんが法事に出ても同じだったと思うけど、特に困る事もなかったと思うよ。何がそんなに嫌なの？」と真相を聞いてみた。すると母はか細い、甲高い、少女のような声で話出した。今まで聞いた事のない母の声だった。話の内容よりもその声に気を取られた。母ではない別の誰かが、そこにはいた。時折、母が少女に見える瞬間があった。

私は一通り、母の話を聞いた後、

「お母さん、その話はいつの話？」と尋ねた。その話は遠い昔の出来事だった。

それをあたかも昨日のように母は話していた。感情に蓋をしているとこういう状況に人は陥るのか、時間系列が無かった。感情には過去も現在も関係ない事を私はこの時、知った。十年前の出来事でも瞬時にその時にワープできる、それが感情なのだ。だから、感情に蓋をしてはいけない。どこかで吐き出さないと…

私は冷静に母にこう言った。

「ねぇ、お母さん。もう許してあげよ。許す事はできないの？」

すると母は想定外の反応をしたのだった。

「その言葉、お父さんに言ってもらいたいのに！！！」と大きな声を上げて叫んだ後、うわぁぁぁぁと虎のように泣き出したのだった。か弱い少女から野獣へと一瞬で変化した。泣いている母のその姿は怖かった。泣いているだけなのに、恐怖を感じた。私は母の心の奥底に光を見つける事ができなかった。

その瞬間、私の出る幕は終わったと悟った。私がいくら寄り添っても駄目なのだ。最初から私の出る幕などなかった。夫婦の問題に子供が出しゃばってはいけないのだ。夫婦といえども男と女、二人の問題に子供を巻き込む事は言語道断。子供のように泣きじゃくる母の声が雨の音にかき消されていった。雨に救われた。浄化の雨、浄化の涙が心に沁みた。私は母にかける言葉を探しながら、窓の外の紫陽花に目を向けると、そこには美しい黒いアゲハ蝶がとまっていた。母の心配より、ずぶ濡れのアゲハ蝶が心配になった。

クロアゲハ蝶は～神からの使い～

スピリチュアルメッセージは**『死と再生』**

ひとしきり泣いた母の顔は何故か清々しかった。今、思い返すとこのクロアゲハ蝶は母の再生を私に知らせてくれたのかもしれない…何気ない日常の中に様々なサインが溢れ、私達は生きている。生かされている。

『許す』この事を学ぶ為に今世紀、命を授かったのかもしれない。

『誰かを許すのではない』

『自分が自分を許す』

母だけではなく、私も…自分自身をこの時は許せていなかった。人は鏡、母は私の心を映してくれる鏡だった。


私は母の深い悲しみと怒りに触れ、心が乱れた。誰かに自分の心を掻き乱されるのは、もうまっぴらごめんだった。それからしばらくして母は自宅に戻ってきた。怒りと悲しみを抱えたその心は癒される事は無かった。私は一人暮らしの小さな部屋で自分の心の声を聴く暇もなく仕事に没頭した。仕事をしている間は悲しみが顔を出す事はなかった。忙しい日々は私にとっては都合が良かった。

しばらくしてから、ウエディングプランナーの恵さんから一本の電話が入った。仕事のキャンセルだった。母が入院した日の結婚式の司会でミスを連発したからだ。覚悟はしていた。恵さんの配慮もあり、一本だけのキャンセルで済んだ。今後、全ての仕事が無くなった訳ではなかった。ホッとした。かろうじて首は繋がった。

「高山さん　家で何かあったのですか?」と恵さんは優しかった。

私はその優しさを受け入れられず、

「言わなくてはいけないですか?」と、飼い主に犬がガブッと噛むように、噛みついてしまった。

恵さんは言葉少なく

「言いたくないのであれば…いいのですが。何かあったら言って下さいね」と最後まで優しかった。人の優しさを受け入れられない時がある。優しさは苺のショートケーキのように甘くて誰もが好きなはずなのに、この時は罰ゲームで食べさせられるハバネロの様に激カラだった。

この頃の私は自分に優しくなかった。だから、恵さんの優しさを両手広げて受け取る事ができなかった。自分の心の中にあるものしか、人から受け取れない。自分に優しく無かった私は、人からの優しさを素直に受け入れられなかった。

私は天井を見上げ、日記をパタンと勢いよく伏せた。パタンの音にミーは驚きもせず、微かな寝息を立てながらまだ眠っている。普通、猫は大きな音が苦手な生き物なのだが…ミーは少々の音には全く動じない。ドライヤーをガンガンかけても、へっちゃらなのだ。可愛い寝顔を見つめながら、私は少し意地悪をしたくなった。

「ミーちゃん♪」と身体を人差し指で**~ツンツン~**　突っついた。全く動じないミー♫

車が庭に入ってくる音が聞こえた。母がデイサービスから帰って来たのだ。

時計の針は午後五時を指している。

『500』のエンジェルナンバーのメッセージは、

『あなたが起こそうとしている変化を、宇宙がサポートしてくれます』

夕飯を作る為に、私は一階のキッチンへ向かった。

「お母さん、お帰り」と声をかけた。口をモゴモゴしながら、「ただいま」と言った。紅はるかを美味しそうに頬張る姿からは三回も自殺未遂をした人には到底、見えない。この世に生まれた以上、人はそう簡単には死ねない。母は今も元気に生きている。

気づけば、私のベッドで寝ていたミーが食卓のテーブルの上にいた。母の目の前に座り、クリクリした愛らしい目で母を見つめている。母は紅はるかをお皿の上に置き、「ミーちゃんはお母さんのこと好き?」と聞き、ミーを抱きしめた。

「可笑しいわね。いつもはクンクンとお返事するのに…」と大きな独り言を言った。

――ええぇ!! いつもこんな事を聞いているんだ。キモイィィーーと心の中で驚愕した。

「お母さんはミーちゃんの事、大好き〜」と言って、ミーをギュギュとまた抱きしめていた。良い大人が馬鹿みたい事を!呆れる気持ちの裏でなんでもない、この平凡な光景に私は幸せを感じている。今夜は家族が好きな蕎麦を作る事にした。シンプルにとろろを掛けて食べる。この食べ方が我が家の定番なのだ。

人生二回目のターニングポイント

2011年3月11日
原発が燃えている
歴史に残る、地震
明日は我が身

「二〇一一年三月一一日　東日本大震災」日本人なら誰でもこの日を覚えているだろう。当時、私は平日はカード会社でテレホンオペレーターのアルバイトをしていた。土日は司会の仕事があったが、平日は暇だった。時間があったため、時間潰し的にアルバイトをしていた。その日は昼過ぎにアルバイトへ出かけた。オフィスビルが立ち並び、いくつかの会社が密集している一角にアルバイト先はあった。いつもの道をいつもの様に歩き、陸橋を渡り、小さな公園を通り過ぎ、一本目を右に曲がるとアルバイト先があった。その小さな公園に人が集まっていたがあまり気にも留めず、小走りにそこを通り過ぎた。アルバイト先の自社ビルの隣にも中小企業らしき会社があった。

従業員の人達が駐車場の一角に固まっていた。明らかにいつもと違う空気感が漂っていた。何かあったのかなぁ？　と思ったが、まさか、今世紀最大の大災難の直後だったとは全く想像もしていなかった。いつもの様にいつもの席に座り、パソコンのスイッチを入れた。するとアルバイトをとりまとめている課長さんが三十人程居るスタッフへ、いつもより大きな声でこう言った。

「関東の方で大きな地震があった様なので、電話はかけないで下さい」

続けて「時間までデスクで待機して下さい」待機⁇　何もせず、夜の八時まで座っていろと…しばらくジーと座っていると一枚のコピーが回ってきた。数独だった。その日はコソッと数独をしながら、夜の八時までデスクに座り、時が経つのを待った

午後二時四六分　この時間は電車に乗っていた。だからだろうか。私は揺れを一ミリも感じなかった。部屋に帰り、しばらくすると電話が鳴った。私がこの時間なら居ると知っている友達からだとすぐに分かった。

友達の舞子ちゃんだった。

「ちーちゃん　今、大丈夫？」

「大丈夫だよ」

「今日何していた？」

「今日はバイトに行ったよ。仕事できなかったけど。すごい地震があったみたいだね」

「そうなのよ。ちーちゃんの所、ＢＢＣかＣＮＮ入る？」

「入るよ」

「ちょっと観てみて？　日本のメディアが言っている事と海外メディアが言っている事が違っているのよ。どんどん死者数が増えているのよ。ＮＨＫはまだ数十人とか言っているけど…あとね…原発が燃えているのよ」

原発が燃えている…

「分かった。今、つけるね」と受話器を耳に挟んだまま、リモコンを操作した。舞子ちゃんが言った通りだった。大変な事が今、日本で起こっている。実感が湧いた瞬間だった。すごい勢いで原発が燃えている映像が目に飛び込んできた。画面の上にはLiveの文字とローマ字でFukushimaと表示されていた。

画面の下のキャプションには死亡者数が表示されていた。

『died 2000』

「ええ、二千人も亡くなっているの？」と聞くと

「そうみたい」と舞子ちゃんは答えた。何が真実なのだろうか。メディアが流す情報は正しいのだろうか。そんな疑問が湧いた。今までメディアが流す情報を一度も疑った事はなかった。この時から私はテレビから流れてくる情報を鵜呑みにしなくなった。

『自分の目で確かめる』『自分で調べる』事の重要性を震災から学んだ。真実を見極めるのは自分自身の力量なのかもしれない。

その後、徐々に震災の全容が明らかになっていった。人がいとも簡単に水に飲み込まれ、流さ

れる映像には目を背けたくなった。知らない誰かさんなのだが、自分の事の様に自分の身内の様に心が痛み、涙が溢れた。水が怖い。遠い昔の記憶が蘇る様な感覚に陥った。私もきっと昔、同じ様な経験をした事があり、大切な誰かを失った事がある。テレビ画面から流れる映像を観ながら、そんな風に思う私がいた。悲しみがマグマのごとく湧き上がった。それ以来、私はテレビをあまり観なくなった。気に入って買った、真っ白の縁取りの液晶テレビがオブジェに変わった。

そして、私は誓った。時間を無駄遣いする、そんな生き方をしないと決めた。亡くなった方に申し訳ない。これからは専門的な仕事、プロと呼ばれる仕事だけをすると決めた。アルバイトも辞めた。何があってもアルバイトはしないと決めた。今もその約束を守っている。自分との約束を守れる人でいたいと私は思う。

専門的な仕事をする為にマナー講師の資格を取得した。コーチングやコミュニケーションの勉強もした。人にも積極的に会うようになった。セミナーや講演会にも顔を出した。吸収できる物は全て吸収したいと思った。私にとって三・一一は生き方と働き方が一八〇度変わるきっかけとなった。

震災から一年後、二〇一二年の冬、マナー講師の資格を取得した。仕事を貰う為には何か他の人にはない付加価値を身に付けなければ、そんな矢先、本屋さんである本が目に留まった。水色の爽やかなカバーの本だった。タイトルは『セミナー講師入門書』、その本の中に気になるワードがあった。

『セミナーコンテスト』　私はこのコンテストに挑戦する事にした。十分間のセミナーを行い、審査員三名と会場にいるオーディエンスの採点で順位が決まる、コンテストだった。コンテストの前に勉強会があった。パワーポイントの使い方、セミナーのコンテンツの作り方など教えてくれる勉強会だった。コンテスト出場者はもれなく無料でこの勉強会に参加できた。実はコンテストよりもこの勉強会に惹かれ、出場する事にしたのだった。これから講師として仕事をするうえで必要な事を教えてもらえると確信があった。私の確信は的中した。十分間のセミナーのコンテンツを作る事ができれば、五十分のセミナー、九十分のセミナー、五時間のセミナーも同様にできると勉強会で知った。講師の先生が話す内容を一秒足りとも聞き漏らすまい、そんな気持ちで参加した。私の他に出場者は五人、共に学ぶ仲間もいた。セミナーコンテスト名古屋大会で優勝すると地区大会へと進み、さらに地区大会で優勝すると一二月に開催される本選、いわゆる全国大会に出場できるシステムだった。最初は十分間のセミナーを作る事に必死だった。全くもって、自信が無い状態で臨んだ、名古屋大会だったが、夢にも思っていなかった結果が私の元に舞い込んだ。

2012年3月18日
セミナーコンテスト名古屋大会に出場
優勝したぁ!!
12月の本選、行くぞぉ!!

名古屋大会で優勝してしまった。誰よりも私が一番驚き、誰よりも私が一番喜んだ。人に認めてもらう経験が少なかった私にとって、人に認めてもらえたと実感できた経験になった。これまでの人生の中で初めてもらったトロフィー。素直に心から嬉しかった。何よりも心に響いたのは、採点表のコメント欄に書かれた言葉だった。
オーディエンスの九割の方が私の声についてコメントをしてくれていた。『綺麗な声』と多くの人が書いてくれた。この時、自分の声が綺麗な声なのだと知った。何故なら、私は自分の声にコンプレックスを持っていたからだ。コンプレックスはその人の強みになる。

小学三年生の時、幼馴染の和ちゃんから音楽の授業の後、音楽室から出た途端、廊下でいきなり「ちーちゃん、今日も音程外れとったよぉ」と言われた。それ以来、私は自分の高い声が嫌いになった。大きな声で歌う事もしなくなった。司会の仕事を始めた時にもクライアントの男性から「君の声はアニメ声だね」と言われた。何故か心に引っ掛かっていた。このコンプレックスを克服する為に喋る仕事を始めた頃、ボイストレーニングに通い始めた。ボイトレの教室へ週一回、約十年通い続けた。その声を褒めてもらった。五十枚程の採点表のコメント欄を丁寧に読み返しては、ティッシュ片手に鼻をかんだ。涙で字がにじんだ。どの言葉も全てキラキラと輝く宝物のようだった。

そして、私は言葉という物は心へ光を注いでくれる贈り物になると知った。読み終わるとクリアファイルに入れ、A4サイズの封筒に入れた。封筒には『セミナーコンテスト採点表』と書いた。言葉のgiftをクローゼットのBOXへ大切にしまった。言葉は偉大だ。長年のコンプレックスが一瞬にして自信へと変わり、一瞬にして奇跡体験へと変容する。青虫が蝶になる様に私の中で全てが美しい記憶に変わった。もう一度言うが、コンプレックスはその人の強み。自分の嫌いな所は実は自分の隠れた魅力なのだ。

予選の名古屋大会で優勝した私は十一月に行われる東海地区大会に出場する事になった。名古屋大会の後、トントン拍子に新しい仕事が決まった。専門学校での非常勤講師の仕事を平日するようになっていた。専門的な仕事がしたいと思っていた私の元に願った通りの仕事が舞い込んできた。土日は司会の仕事を順調にこなす毎日だった。

忙しさはピークだった。体調が優れない時もあった。そんな中で地区大会の準備をしなくてはならなかった。精神的にも追い詰められていた。

地区大会の当日が来た。顔が浮腫んでいた。肌の色も良くなかった。会場に入り、荷物を置き、トイレへと向かった。廊下で同じく出場する山田さんとすれ違った。

「山田さん、おはよう」と声をかけたが…返事はなかった。もしかして聞こえなかったかも…いや、聞こえたはず。寂しかった。心が乱れた。闘争心むき出しのエネルギーに息が詰まった。言葉では表現し難い、重くて痛い、ピリピリとした空気感から一刻も早く逃げ出したかった。

2012年11月29日

東海地区大会　結果は…敗北

本選には行けない

それでいいのだぁ　byバカボンのパパ

人と争う事、競い合う事、

私には向いていない事が分かった

天は必要な物は全て与えて下さる。本選への切符を手に入れる事が出来なかったという事は私にとって必要ではなかったのだ。この時、自分がどうゆう人間なのかを思い知らされた。私は人と争う事、競い合う事が苦手なのだ。この事を知るために、コンテストに出場したのかもしれない。コンテストとは順位がある物、それは理解していたが私の性分には合わなかった。この時から二度と人と競い合う事はしないと決めた。

必要な物は必ず手に入ると信じている。だから競ってまで手に入れる物など、何もない。争って、競って、手に入れる物は宇宙の真理に反している気がする。平和の祭典と言われているオリンピックでさえ、苦手だと気づいてしまった。現実に起こる全ての出来事は自分の何かを知り、何かに気づく為に存在しているのかもしれない。

ホ・オポノポノ

2013年3月21日

美由紀ちゃんから冊子をもらった

『愛しています』

この言葉を唱えると問題が解決するらしい…

本当に??

震災から『明日は我が身』　この言葉が脳裏でリフレインしていた。悔いのないように毎日を過ごそう。明日死んじゃうかもと思う私と、明日死んでしまおうと思う母が空間を隔てて存在していた。大きな挑戦が一つ片付き、平日は講師業、土日は司会業と相変わらず、走り回る日々を送っていた。時間を見つけてはセミナーや講演会にも足繁く通っていた。

この時期、一ヶ月に多い時で三百枚程の名刺交換をしていた。残念な事に覚えている人は一割ぐらいだった。そんな中で出会った、美由紀ちゃんから冊子を貰った。美由紀ちゃんは私よりも少しお姉さん。学生時代バスケットボールをしていたというだけあり、背が高く、細身、ボーイッシュで飾らない性格が魅力的だった。そんな美由紀ちゃんから貰ったその冊子の表紙には『あなたも魔法使いになれる　ホ・オポノポノ』と書かれていた。『ホ・オポノポノ』この言葉に聞き覚えがあった。

数ヶ月前に知り合いの方に誘われあるセミナーに参加したが、とても退屈な時間だった。セミナーが終わり、ダッシュでエレベーターへ向かった。お腹がペコペコで死にそうだったのだ。名古屋駅のコンコースでラーメンを食べて電車に乗ると決めていた。エレベーターホールには私よりも先に待っている男性がいた。エレベーターの扉が開き、入ろうとしたがその空間は芋洗い状態だった。定員オーバーで乗れなかった。次にきたエレベーターも次にきたエレベーターもまた次にきたエレベーターもいっぱいで入れなかった。その男性もエレベーターに乗れずにいた。見知らぬ二人は同じ目的でそこに佇んでいた。

「なかなか乗れませんね」とその男性《ひと》は私に話かけてきた。この一言から見知らぬ人から知り合いに昇格した。

「そうですね」と私は当たり障りなく答えた。

「同じセミナーを受けていましたよね」とその男性《ひと》が言った。

続けて「一人だけ雰囲気が違っていたから、僕、覚えていました」と彼は言った。ひょんな事から出会った私達はその後、ラーメンを一緒に食べる事になった。同じセミナーを受け、エレベーターを同じタイミングで待ち、この偶然が一つの出会いとなり、出会ってから十分後に向かい合わせに座り、私達はラーメンを注文していた。

彼、恵介《けいすけ》君が見た目より、年下だった事にビックリした。当時、彼は二三歳、歳の割には話す事がとても大人びていた。アフリカで井戸掘りの経験が有り、今ではフェアトレードと言う言葉を耳にするが、当時はまだ認知度が低かった、フェアトレードの珈琲豆を出す、カフェを友人と地元でオープンしたと話してくれた。
農業や環境にも興味があると言う彼が名古屋で投資の仕事をしている事に私は違和感を持った。その事を率直に伝えると、事業をする為にはお金が必要だからと言った。それでも私は何かが違うと感じ、「政治家になれば良いのに」と伝えた。政治家には興味がない様子だった。
帰り際、恵介君が
「高山さん　ホ・オポノポノ　知っていますか？」と聞いてきた。
「知らない。何それ？」と聞くと
「多分、好きだと思うから調べてみて下さい」が最後の会話だった。終電も近づいていた私は電車の時間が気になっていた。そそくさと連絡先を交換して別れた。ホ・オポノポノを知ったのはこの時だった。ちなみに、この彼とはそれきり会っていない。
この出会いから十年後の月日が流れている。彼は地元に戻り、市議会議員をしている。政治家になったのだ。土佐の坂本龍馬のように風の時代に相応しい、改革をしてくれるだろう。美しい四万十川を後世に残す為に彼は私があの時、彼の瞳を透して見た、未来を今、歩んでいる。

〜ポ・オポノポノとは〜


ネイティブハワイアンの伝統的な問題解決法、ホ・オポノポノ。

これを、ハワイ伝統医療のスペシャリストで「ハワイの人間州宝」（1983）故モーナ・ナラマク・シメオナ女史が現代社会で活用できるようアレンジしたのが「セルフアイデンティティー スルー ホ・オポノポノ（SITH）」です。


問題は、外にはありません。

問題の本当の原因は、あなたの内にいるもう一人の自分『ウニヒピリ』が、これまで溜め込んできた記憶です。

『ホ・オポノポノ』であなたは、記憶を消去する方法を学びます。

そして、もともとあなたがそうであったはずの完璧で美しい「ほんとうの自分」を生きるのです。

イハレアカラ・ヒューレン博士
（ホ・オポノポノ公式サイトから引用）

https://hooponopono-asia.org/www/jp/about_sith/index.html

問題は外で起きているのではなく、問題の原因は心の中にある記憶だと言うのだ。

その記憶を消す為の方法の一つが

『ごめんなさい』

『許して下さい』

『ありがとう』

『愛しています』

この四つの言葉を唱える。唱える事によって心がクリーニングされると言う訳だ。問題は外で起きているのではなく、その人の内側で起きている。私なりの解釈になるが記憶・思考・感情・意識・カルマなどが内側で、外側とは現実世界で起こっている問題に当たるのではないだろうか。

問題が起きる原因は全て自分の心にあると受け入れる事ができれば、このホ・オポノポノの教えは効果的だと思う。

そのホ・オポノポノの冊子を
「これ、あげる」と美由紀ちゃんが言った。
「え!! もらっていいの?」と言うと
「良いの。良いの。みんなに配っているから」とサラッと言う、この人柄に多くの人は惹かれているに違いない。冊子をパラパラとめくり、裏表紙を見ると百円の文字が目に入った。美由紀ちゃんはお金を出して購入し、みんなに配っている事を私は知った。顔を上げると、目が合った。
「ちーちゃん、好きだと思うから読んでね♪」とあの時の恵介君のように笑顔で美由紀ちゃんは言った。

帰りの電車の中で冊子に目を通した。ミラクルなことばかりが書かれていた。四つの言葉を唱えるだけで問題が解決するなんて、『有り得ないわぁ。そんな事で解決したら世の中の人、みんな幸せよねぇ。』と心の中で毒を吐いた。かなり斜めから私は見ていた。この頃の私は外側と内側、つまり現実と意識が強烈に繋がっているなんて思ってもみなかった。

母　四度目の入院

2016年6月14日
母、4回目の入院
人の執着を見せつけられた一日
疲れた
身体が重い

ホ・オポノポノを真剣にやり始めるきっかけになったのが、母の四度目の入院だった。三回目の自殺未遂から三年ほど経っていた。今回は入院だけだった。自殺未遂はしなかった。入院する数週間前から調子が悪いと精神科に通っていた。兄が病院へ連れて行った。最初の入院で主治医だったドクターが今どこの病院にいるか、探し出し、その先生の元へ通っていた。薬を飲んでも気分はいっこうに良くなる気配はなかった。

強い薬を飲んでいる様子だった。意識がもうろうとしている時が有り、その姿に私は強い恐怖心を持った。これ以上、この薬を飲み続けたら…この人はどうなるのだろう…兄が仕事を休めないからと、その日の通院日は私が病院に付き添った。この頃、私は一人暮らしのマンションを引き払い、実家で暮らし始めていた。二十年ぶりに会う、ドクターは以前よりも髪が薄くなっていた。足を組み椅子に座っている後ろ姿には生命力が無く、喪失感が漂っていた。若かりし頃の彼はもっと生命力があった。そして、もっと情熱的で誠実だった。その横柄な態度から、今はそのカケラもなかった。この二十年の間、この人にも何かあったのだ。

「薬、もう一つ強い物にしますか?」とハゲの色黒のドクターが言った。

この人はどうにかして母を治したいと善意ではなく執着で言っていると感じた。

『患者が治らない=自分の評価が下がる』この方程式が見え隠れしていた。

母が「これ以上、強い薬は…」とか細い声で言った。ハゲの色黒のドクターの表情から苛立ちが湧き上がった。

「そうですか。ではどうしますか？　このままだと解決しませんよ」トゲトゲしかった。

解決…この人は何かがずれている。ドクターも同じ人間で苛立ちもあれば、不安や恐怖、罪悪感があるのだ。

「ハァ〜〜〜馬鹿馬鹿しい」とハゲは突然、言った。この言葉の裏には何があるのだろうか？　症状が改善しない事への苛立ちなのか？　それとも、もう出す駒がない事への不甲斐なさだろうか？　どちらにせよ、俺が治すという使命感が強い執着に変わっていた。その様子を一人冷静に私は見ていた。諦めて、執着を手放し、『良くなるお薬ですよぉ』と苺のミルクキャンディーでも出してくれれば良いのにと真剣に思った。

「じゃあ、入院しますか？」とハゲは言った。

「お願いします」と母が即答した。この言葉を待っていたのだ。母は家にいたくなかっただけだった。安住の地である病院のベッドへ避難したかったのだ。何故なら、法事が控えていたからだ。またしても法事の前の出来事だった。学校に行きたくない、子供のようだった。

絶対に治してみせると思うハゲと絶対に治ったら困る母の執着のバトルのエネルギーを全身に浴び、私は疲れ切っていた。世にも恐ろしいエネルギーを知らず知らずに人は浴びているのだ。疲れ切った身体を癒す暇さえ与えられず、私は母の入院先へ車を走らせた。その足で母はめでたく病院というシェルターへ身を寄せた。大岩町にあるからだろうか。大岩病院という名だった。どこからみても普通の病院だが、ここは歴然たる精神科オンリーの病院だった。

２０１６年６月15日

入院に必要な物を届けに行った
きっと二度と面会には行かない
車の中で声を出して泣いた
涙ってこんなにもでるんだ
ある意味、驚いた

誰かに振り回される人生はこれで終わりにしたい

次の日、入院に必要な荷物を一式届けに病院に行った。前日はそのまま病院から病院へ梯子した為、タオルや歯ブラシといった入院グッズがないままだった。この日も雨がシトシト降っていた。お気に入りの花柄のワンピースを着て出かけた。何故なら、この晩、私は友人数名との食事会に参加する予定になっていた。事もあろうにこんな日に食事会とは、キャンセルしても良かったが、家にいると余計に気分が落ち込むような気がしていたのでキャンセルせず、行くことにした。

病院の建物は学校のような作りだった。薄暗い正面玄関を入ると左手に受付があった。小さなガラスの窓を開け、荷物を持ってきた旨を伝えると紙に名前を書くように促された。面会リストだった。

受付の女性は

「ここを真っ直ぐ進むと突き当たりにエレベーターがありますから四階へお進み下さい。そうしますと看護師がいますから」と淡々と話した。言われたように無気質な廊下を進むと、突き当たりに確かにエレベーターがあった。ここだけはモダンな感じだった。四階で降りると、正面に小さな部屋があった。左手には鉄格子の扉、この奥に入院患者がいるとすぐに分かった。鉄格子の扉の向こうから

「高山さんの娘さんですね。正面のお部屋でお待ち下さい」と声が聞こえた。ここはこういうシステムね、と思った。病院によってシステムが違う。しばらくすると看護師さんに連れられて、母が現れた。私は荷物を看護師に渡した。「時間は十五分ですから、また声かけますね」と言って部屋を出て行った。3畳ほどの部屋に机が一つ、椅子が二脚置いてあった。私は奥に座った。左側は全面ガラスだった。外の景色がすこぶるよく見えた。正面玄関からは想像もできない程、この部屋は太陽光が差し込み、白一色の近代的な空間だった。丁度、西陽が差し込み、眩しかった。私は外を眺め、蝶を探した。

最初に口火を切ったのは母だった。

「来てくれてありがとう」と言った後、なんでこうなったのかの説明が始まった。いつもと同じ

パターンだった。聴き慣れているし聴き飽きてもいた。一通り話を聴いた私は母にこう言った。

「お母さん、もうここには来ないよ。今まで私なりにお母さんに寄り添ってきたつもりだから…だから私が来たいと思ったら来るけど、そうでなければ来ない」と告げた。心を病んでいる実の母親に言う、言葉なのか…親不孝な娘ではないのか…

親不孝でも冷たい人間でもどちらでもよかった。もうここには来ない。ここには来たくない。心の声に忠実に目の前の人に私は伝えただけだった。母は何も言わず、うつむいたままだった。時間になり看護師さんが入ってきた。助かった。これで帰れる。

一枚の紙を渡され、受付に出すように言われた。その紙を握り締め、エレベーターを待った。中に入った瞬間、大粒の涙が溢れた。最初は手で拭っていたが、追いつかなかった。拭うのを諦めた。ポロポロポロポロと流れてくる涙が頬をつたい、床に落ちていった。受付の女性に紙を渡した。泣いている私を見てハッとした顔をした。

先程よりも優しい口調で
「ここに名前と時間を書いて下さい」と言った。

何回名前を書けば気が済むのか…苛立ちと悲しみが混沌としていた。涙で自分の書いた字がよく見えない。無言のまま病院の古びた玄関を出た。
雨が降っていた。車まで自然と小走りになった。中に入り、すぐにエンジンをかけた。一刻も早くこの場から立ち去りたい。心が悲鳴を上げていた。雨のせいか、私の涙なのか…滲んで前が見えなかった。マックスでワイパーを動かした。私の心が泣いているかのように土砂降りの雨に変わっていた。目からはあいも変わらず大粒の涙がとめどなく流れる。雨が弱くなるまでもう少しここにいよう。静かにエンジンを切った。自分の車の中とは、とても安全な空間のようだ。誰も居ないこの空間で声を上げて泣いた。溢れてくる涙を止める事なく思う存分泣いた。ハンドルに顔を埋め、顔がくちゃくちゃになるまで泣いた。こんなに泣いたのは生まれて初めてじゃないのかと思うくらい泣いた。涙というものはこんなにも出るものだと、私は知った。時間にしたら二十分程は泣いていただろうか…土砂降りの雨が私の泣き声をかき消してくれた。雨の日は誰かの心が泣いているのかもしれない。

そのあと、私は一度も病院に行く事はなかった。母が入院してから一ヶ月ほど経ったある日、病院から一本の電話が入った。

２０１６年７月１５日

病院から電話が入る
内臓が動いていない
そんな事ってあるんだ
このまま、お母さんは死んでしまうのかも…

「内臓が動いていません。ここでは対応できないので総合病院に転院させます」

「わかりました」と私は静かに電話を切った後、転院先の病院へ車を走らせた。

内臓が動いていない…どういう事？　転院先ではダンディーな外科医のドクターが主治医になった。後で知ったのだが外科部長さんだった。

「お母さんの内臓は全く動いていない状態です。これから点滴を始めます。それから今お母さんが飲まれている薬は全て止めます。止めるというか、この薬は全てここの病院には無いものなので、処方したくても出してあげられません。どうなるか分かりませんが、一度全部止めてみましょう」穏やかな口調の中にも緊迫した、一か八かの匂いが漂っていた。今まで飲んでいた薬を全て止める。母はどうなるのだろうか…

この白髪混じりのドクターにも分からないようだった。神のみぞ知る。正確に言えば、母のみぞ知る。飲んでいた薬の副作用で内臓の動きが全て止まったのだった。そんな事ってあるの？　はい、あるのです。身体を治す為の薬が、身体本来の機能を破壊してしまう。それが副作用です。

このまま内臓が動かなければ死を意味する事は明らかだった。少しだけ母の様子を見る事ができた。意識があるのか無いのか？　魂ここに在らず。肉体がただ佇んでいるだけだった。このまま回復しなければ、この人は必ず死ぬ。私は母の死を覚悟した。いつ死んでもおかしく無い。そんな状態だった。

薬の副作用の恐ろしさを目の当たりにした私は、それ以来、薬はおろかサプリメントですら口にする事を止めた。

母が生死を彷徨っている最中でも、当たり前のように日常は存在する。毎日、朝になれば目が覚め、仕事に行き、笑って会話をする。誰かにこの現実を知られたくなかった。寂しさを見つめる事も不安を感じる事も私は拒んだ。全て、なかった事にしたかった。生まれてからずっとずぅーと幸せでいたかった。幸せとは程遠い、この現実を認めたくなかった。認めたら、壊れてしまう、そう感じていた。平常心を保つ為にこの寂しさを認めなかった。

悶々とした日々の中、こういう時に限って、勘の良い友人の典《のり》ちゃんは「お母さん、元気？」と聞いてきた。入院している事、今回は危ないかもしれないと話すと、「ちーちゃんを産んでくれたお母さんに最後にお礼が言いたいから会えないかしら？」と言った。お礼が言いたいから会いたいとは…この言葉に戸惑った。世の中にこういう人がいる事を知った。何度も自殺未遂をしては病院に運ばれ、散々周りを巻き込み、地雷のように生きてきた、この母にお礼を言いたい人がいるとは…

人の優しさと愛を感じた瞬間だった。この愛を私は今まで知らなかった。ここから私の中にある愛の鏡合わせが始まった。人というものは知らないだけで誰かに必ず愛されている。その事に気づいていない愚かな生き物なのだ。

真実の愛に触れると、眠っていた愛が目覚めていく。嘘偽りのない言葉に触れ、私の中での愛が少しずつ目覚めていった。

この渦中に居た頃、あの冊子をくれた美由紀ちゃんにバッタリ会った。

そして、

「ちーちゃん、お母さんは元気なの？」と決まり文句の様に聞かれた。入院している事、今回は危ないかもしれない事を伝えた。美由紀ちゃんも母に会いたいと言うのかと思いきや、想定外の事を口にした。

「ちーちゃん、ホ・オポノポノしている？　していないでしょう」

母親が生きるか死ぬかの瀬戸際にいるにも関わらず、慰めの言葉も無しにホ・オポノポノときた。

「それって、お母さんの問題に見えるけれど、違うよね。ちーちゃんの心の中で起きている事よね」とバッサリ、急所を刺された。そう、問題は外ではなく内側で起こっているのだ。心の状態が現実世界を創っている。だから、心のクリーニングが必要なのだ。この美由紀ちゃんの一言でスイッチが入り、私はホ・オポノポノを真剣にやるようになっていった。

やり方は簡単、ただ心の中で『愛しています』と唱えるだけ。自分自身にただ『愛しています』と唱えるだけ。最初は寝る前に布団に入ったら『愛しています』と十回唱えてから眠りにつくようにした。これが定着してきたら、次のステップに進んだ。

車を運転している時、電車に乗っている時、いわゆる移動時間・隙間時間に『愛しています』と唱える習慣を私は身に付けていった。

この現実から抜け出せるのなら…

この苦しみが終わるのなら…

藁をも掴む、気持ちだった。これが最後の砦、もうこれしかないと思った。

本当にこれだけで現実の問題が解決するのだろうか……半信半疑だった私だが、来る日も来る日も『愛しています』と心の中で唱えた。母の内臓が動かなくなって一ヶ月が経ち、真剣に『愛しています』と唱え始めてから三週間の月日が過ぎた頃、病院から電話が入った。

「お母さんの内臓が動き出しました。今日から少しずつ固形物を食べてもらいます」

命が繋がった。母の身体が生きる為に動き出した。

ダンディーな主治医の采配か…

それともホ・オポノポノの効果なのか…

母の生命力なのか…

　何かは定かではないが、止まっていた内臓が動き出した。奇跡が起こった事は紛れもない事実だった。そして、死は免れた。私は人の生命力と『愛しています』の言葉の偉大さを知った。

2016年8月13日
お母さんの内臓が動き出した
信じられない
奇跡が起こった

人は深い所でいつ死ぬのかを自分で決めているそうだ。

『魂《たましい》』は『たま』と『しい』に分かれている。この言葉が脳裏を過った。修養団・元伊勢道場長の中山靖雄先生のお言葉である。

『たま』が『御霊《みたま》』で『しい』が『感情』

私達は御霊と感情を生まれる時に授かって天から降りてくる。感情が無ければ体験できない、御霊が無ければ人として生きていけない。死にたいと言う感情部分では人は死ねない。人の深い所にある御霊の部分で自分の死を決めていると、母の一連の行動を見て、そう悟った。『たま』と『しい』＝『魂』の意味が理解できた気がした。

内臓が動き出してから一ヶ月後に母は退院した。大量に飲んでいた精神科の薬を全て止める事ができたのだ。長年、手放せなかった薬を手放す事ができた。これもまた、奇跡だった。薬を止める為に内臓は働く事をボイコットしたのかもしれない。

このまま飲み続ければ生命の危険があると母の内臓は分かっていたのかもしれない。生きる為の選択を内臓自身がしたのだ。私達が考えている以上に身体の機能一つ、一つにはアイデンティティーがあり、意志がある。自分一人で生きている訳ではない。こうした身体の機能に支えられ生かされている。時折内臓にも話しかけてみよう。

『痛い所はありませんか。何かあれば分かるように教えて下さい』

『いつも元気に動いてくれてありがとう』と…きっと内臓は私達が分かるように答えてくれるだろう。


美由紀ちゃんは私に鋭い一撃を食らわせた事を全く覚えていなかった。こういう場合は言わされている。誰に⁇　神に‼　きっとあなたの周りにも美由紀ちゃんのような人が一人や二人、いるに違いない。その人を通して神は愛へと導いてくれる。神からのメッセージなんか一度も受け取った事などありませんと思ったあなたはもしかしたら気づいていないだけなのかもしれません。神からのメッセージをいつでも、どこでも、受け取ると決めていますか？　決めてないと受け取れませんよ。是非、決めて下さいね。すると、あなたの受信箱に次から次へとメッセージが入ってくる事でしょう。

神からのメッセージを糧に自分の手で運命を切り拓いて欲しい。命を運ぶと書き『運命』です。

誰が運ぶの？　自分で運ぶのです。運命は変えられる。何故なら、自分で運んでいるからです。言い方を変えれば、自分でしか運命は変えられない。占い師やグル、スピリチュアルメンター、パートナーがあなたの運命を変えてくれると思っていませんか？　誰もあなたの運命を変える事はできないのです。何故なら、自分でしか命は運べないからです。それが運命なのです。

私は静かに目を瞑り、自分自身に向かって宣言した。

『もう母には振り回されない。誰かに振り回される人生は卒業します』

真実を知った日

病院を退院した母は、直ぐに自宅に戻って来られる状態ではなかった。三ヶ月の寝たきりの生活を送った身体は筋肉が落ちていた。リハビリが出来る施設にしばらく入所する事になった。私の生活も一旦は落ち着きを取り戻したかのようだった。

そんなある日の午後だった。

「もしもし…」

「私だけど。千穂ちゃん」

母の妹・美津子《みつこ》叔母さんだった。私は驚いた。携帯に直接叔母さんから電話があるなんて…嫌な予感しかなかった。

「おばさん　どうしたの？」

「千穂ちゃん、元気？」

「元気よぉ　何で？」

「ちょっと話がしたくて」と言った。

「話⁇　今、できるけど、何？」

「今じゃなくて、会って話がしたいの…どこかで会える？」と言った。

余程、会って話したい何かがあるのだろうと察した。一週間後、名古屋駅で会う事になった。

2016年10月30日
今日、美津子叔母さんと会った
真実を知ってしまった
そういう事だったのね

三重県の田舎町に住んでいる叔母さんにとって大都会名古屋、無事に待ち合わせ場所で合流できるか、少し心配が見え隠れしていたが携帯のお陰で難なく会えた。心配事の99%起こらない。思考の中だけの事、記憶が悪さしているだけの事なのだ。

随分、歳を重ねた叔母さんの姿をピンポイントで見つけた。以前より叔母さんの体が一回り小さくなっていた。

「ちーちゃん、どこかでゆっくり話せる場所でお茶しない？」と女の子のように言う叔母さんが可愛かった。ゆっくり、お茶ができる場所…私の脳内コンピュータが検索した場所へ案内した。エレベーターで五一階へと上がった。耳がツーンとした。名古屋に来る事もそうそうないだろうからと思い、名古屋の街が一望できる天空カフェをチョイスした。私なりのおもてなしの気持ちだった。休日にもなると行列ができる程のカフェなのだが、平日の午前中、直ぐに席に案内してもらえた。ラッキー♪　窓側のカウンター席に案内してもらえた。下を覗き込むと歩いている人がアリンコのように見えた。遠くには微かに山とビルが薄らと見えた。生憎の曇り空だった。オーダーを済ませると叔母さんは待ってましたとばかりに

「千穂ちゃん、大丈夫だから私、何でも知っているから姉さんの事、全部話して」と捲し立てる

ように言った。いきなり、『全部話して』ときた。全部話そうと思ったら三日三晩寝ずに、トイレも我慢して、早口で話さないと終わりそうにないけれど…それぐらい沢山ありますが…それでもお聞きになりますか？　…と脳内会話が飛び交っていた。

「何でも知っているって？」と聞き返すと、

「姉さんから聞いているから」と言った。

今まで我が家で起きた数々の事件を知っている？？？　あのプライドの高い母が…叔母さんには話していたの？　意外だった。

「私は何度もやめときって言ったのよ。そうしたら、こんな事までしないと兄さんは分からないからって言ってね。私はもっと自分の事を大切にしてよって言ったのに…」と叔母さんの横顔は寂しげだった。母が自殺未遂を繰り返している事を叔母さんは知っていた。母は確信犯だった。父への当てつけで何度も自殺未遂を繰り返していたのだった。当てつけなんて可愛いものじゃない。父への復讐が自殺未遂だったのだ。

命を盾にして…何て卑怯なやり方なのだろうか。私の中にある愛とは欠け離れている。浮気の代償として父は母の借金を返した。これだけでは十分では無かったのか？　母は何を父に求めていたのか？　愛して欲しかったのだろうか？　大切にして欲しかったのだろうか？　いくつもの疑問が浮かんでは消えていった。

相手から愛が欲しいのであれば、まずは自分で自分の事を愛さなければ。相手から大切にされたいのであれば、まずは自分で自分の事を大切にしなければ。相手に望む事をまずは自分にしてあげる。どこまでいってもこの世界は鏡の法則なのだ。

何でも知っているでしょうとばかりに叔母さんのお喋りは続いた。
「姉さん、沢山着物持っていたでしょう。その着物もね。兄さんにお金を持たせるとまた浮気するからと言っていたのよ」
『お金を持っている＝浮気をする』　この方程式の基、着物を買いまくっていたのだった。買い物依存症なのかと思っていたが、違った。浮気防止対策としてお金を消費していたのだ。『お金が有る＝問題が起きる』　この信念が母の潜在意識に刻み込まれていた。だから、お金が無くなる現実を体験する事になったのだ。父が詐欺師にお金を騙し取られてしまった事もここに繋がった。お金が有ると問題が起きる、お金が無くなる出来事が着物を大量に購入するという現実を創り出し、詐欺師に騙されるという現実を創り出したのだ。潜在意識の奥底で思っている事が現実を創っている。

この事を多くの人は知らない。知ったところで信じる人もごくごくわずかだろう。冷静に考えると母はすこぶる現実創造、クリエーション能力が高い人なのだ。これほどまでに、お金が無くなる現実を創り出したのだから…お金が無くなれば、幸せになれるどころか新たな問題が勃発する。母は『問題が好き』で問題を解決する事を体験し問題を解決した事で、自己肯定感を高めていたのだ。母の人生ゲームに私も一緒に参加していたのだ。それだけの事だった。

そして、一緒に問題を創り、一緒に解決をする事を楽しんでいたのだ。私はその事に気づいてしまった。叔母さんと話した事で今まで起きた問題の答え合わせをしたという訳だ。何故、このような事が起きたのか…全てはその人が心から信じている事が現実になっていただけ。今まで私が勝手に抱いていた罪悪感が流氷の如く、流れ出した。どこへ流れていくのだろう。私は追わなかった。

根拠の無い、自己判断や自己評価、思い込み、勝手に抱く罪悪感は止めよう。自分の人生の船にはもう誰も乗せない。誰かを乗せれば、この船は沈む。自分の人生の舵取りは自分でする。そして、母の人生ゲームに付き合う事はもうしないと誓った。帰り際に私にこんな事を言って、叔母さんは席を立った。

「千穂ちゃん、幸せになるって本当はとっても勇気のいる事なのよ」

その言葉を聞いた私は一瞬、息が苦しくなった。『幸せになる勇気』私に欠けている事だった。

絡みあっていた出来事を一つ一つ、叔母さんとの会話で見つめた私は真実とは必要なタイミングで知る事ができる物なのだと知った。真実は何？ と血眼になって探す事も止めよう。時間の無駄で無意味な事の様に思えてきた。私に必要な事であれば、教えてもらえる。しかも絶妙なタイミングで…

真実を知れてホッとした反面、私の心の中には鼠色《ねずみいろ》の靄《もや》が立ち込めていた。。このモヤモヤは何なのか？ よく分からなかった。母に心から優しくできない自分が嫌だった。自分を責め、母を責めていた。母を卑怯な女だと思う私がいた。お母さんというものは向日葵の様な存在であって欲しいと願っていた。実際、私の母はいつも、どこかに、爆弾を抱え、いつ、爆発するのか分からないそんな人だった。私は家族の中で母の危険物取扱者のようだった。

癒される場所を求めて

このモヤモヤをどうにかしたいと、この頃から自然の中に身を置くようになっていった。海や山、川や森へ出かけ、自然に触れる時間を作るようになっていった。自然の中にいる時は悲しみも怒りも忘れられた。自然は私を愛に戻してくれる。自然の中にいるとそんな感覚になった。

２０１７年11月14日

目に映る物、全て美しい！
明日は砂浴♪

プライベートビーチ、楽しみだぁ♪

宿のネーニングに惹かれ、沖縄行きのチケットを取り、一人で出かけた。魂が喜ぶ村と書き、『魂喜村《こんきむら》』と言う名の宿だった。ここには何かがある、そう思った。

その宿は今帰仁《なきじん》にあった。地名にも惹かれた。懐かしい記憶が漂う、地名だった。今、帰る仁と書き、『なきじん』と読む。読めない。難しすぎるが一度覚えたら忘れられない、響き。国語辞典によると『仁』は『思いやり・慈しみ・人』という意味だ。訪れて、地名が持つエネルギーがあると確信した。そう、今帰仁《なきじん》は人をゼロポイントに導いてくれる場所、今に帰れる場所だった。

三日程お世話になった、魂喜村《こんきむら》は魂が癒されるそんな場所だった。時間がゆっくり流れ、制限も管理も無く。私は一人海を見つめた。しばらくはわちゃわちゃと思考が働いたが、その内、思考も黙ってくれた。思考のお喋りが止まったのだ。久しく感じた事が無い穏やかなサイレントな時だった。見つめている海と同じだった。

波も風も心地良く、安らぎの揺らぎの中にただ佇んでいた。目に映る物と思考がリンクしていると気づいた。人は自分で気づきながら目覚めていくのだ。自分で気づき、魂と身体が喜ぶ場所へ自分を誘う。何て素敵な事なのだろうか。この瞬間、私は『私の目には美しい物しか映らない』と決めた。その時、一羽の蝶が視界に飛び込んできた。『オオゴマダラ』だった。沖縄に生息している蝶だ。白地に黒のまだら模様が眩しかった。優雅に飛ぶ姿に釘付けになった。人にはホワイトな善良な気持ちとブラックな邪悪な気持ちがある。二つ兼ね備えているからこそ、人間臭くて良いのだ。デコとボコがあって良い。ホワイトな気持ち、善良な気持ちばかりを求め過ぎていた。善と悪　明と暗　白と黒　相対性があるからこそこの世界は美しい。

そして、目に映る物が安易に、いとも簡単に思考と感情を揺さぶる。何を観るか、何を見るか、自分で選択していきたいものだ。

海は水、水は心の浄化と目覚め・覚醒を加速させてくれる効果があるようだ。私は手放したい感情がある時は呼吸と水の力を借りている。水と呼吸は宇宙の叡智が詰まった有難い心の浄化・覚醒のツールになる。

私は一人、魂喜村のプライベートビーチに座り、目を瞑り、ゆっくりと深く呼吸をした。静寂というものが自分の心の中にある事を知った。無意識に目から一雫の涙が頬を伝った。優しい風に包まれながら、幸せを噛み締める私がいた。

長野にも遊びに出かけた。

２０１８年7月28日

この土地は神々しい
昼はアートテンのお蕎麦を食べ
夜はみんなのテンホウへ行った

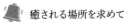

共通の知り合いがきっかけで出会った、彼から『遊びに来たら案内しますよ』と気の効いた一言に誘われ、遊びに行く事にした。こんな機会でもないと行かない土地だろうと、長野行きを決めた。特急しなのに揺られ電車の旅も合わせて満喫した。

目に入ってくる田園風景、色鮮やかだった。こういう時間も私は好きなのだと気づいた。仕事を入れず、休みをあえて取り、出掛けた長野。以前の私には考えられない行動だった。休みを取る事に罪悪感があったからだ。休む事が怖かった。『休みが無い＝仕事がある＝忙しい＝お金が入ってくる』この方程式が思考にこびりついていた。思い切って休みを取って行った甲斐があった。長野は想像以上にエネルギーが高く、気の良い場所だった。リピート間違い無し、そんな所だった。彼、和善君の案内のもと、まずは諏訪大社へ参拝に行った。四社もあるなんて知らなかった。上社本宮、上社前宮、下社秋宮、下社春宮、全て参拝した。なんとも神秘的な空間に惹かれた。ここを訪れるまでは神社を崇める、崇拝する気持ちが正直無かった。それもそのはず、寺の娘なので幼少の頃から神社とはご縁が薄かった。神社に参っては行けないと言われた事は一度もなかったが、機会がなかった。

上社本宮に情緒ある神楽殿があった。そこに巨大な太鼓に描かれた龍神に目を奪われた。今にも太鼓から飛び出してきそうな躍動感があった。私が一番心を惹かれた宮は上社前宮だった。他の宮よりもこじんまりしている所が良かった。人の気配を感じさせない、人間臭さが無い、あの空気感が肌に馴染んだ。七月だというのに秋桜が数本咲いていた。秋桜も私の参拝を歓迎しているかのようだった。

日本画家の東山魁夷《ひがしやまかいい》の作品『緑響く』で一躍有名になった御射鹿池《みしゃかいけ》にも案内してくれた。静寂な水面に映し出された木々が本当に美しかった。混ざりけの無い静けさ、この静けさを私の御霊は待っていた。その静けさに触れ、心から喜んでいる事が分かった。そうそう、この静けさ。しっかりと覚えておこう。諏訪大社の恩恵を受けているからだろうか、ここ茅野は全てが満ちていた。テクノロジーがどこまで進んでも人は本物の美しさに惹かれる。現代では科学の便利さが壁になり、美しいと感じる心が閉ざされている様に感じる。そんな壁が心の中にある事さえ人は知らないのだろう。文明が発展すればするほど、私達は五感を使わなくなり、黒いベールで心を包み、時間に追われ、働く為だけに生きるようになってしまった。

本来、人は何の為に生きているのだろうか…
何の為に生かされているのだろうか…

自然の中にある愛に触れた時、その黒いベールはいとも簡単に解き放たれる。宇宙の源にある壮大なる愛に触れた瞬間、自分の中にある愛を感じずにはいられない。私は無意識に何の疑いも無く、大いなるサムシンググレートと繋がっていた。それが愛であり、内なる光だった。光は内にしかない。彼と私は静かにただ水面を黙って見つめていた。時が止まっているようだった。心から癒されていた。静けさの中にこそ、真の幸せがある。真の癒しがある。ただただ、内から溢れる光を感じ、愛に浸っていた。

愛は目に見えない。
だから…
『愛で満たされている時のサインを決めておくと良い』
何かの本に書いてあった。その事を私はこの時、思い出していた。

私は我に帰り、時計を見た。
時計のデジタルは20：00。
エンジェルナンバー『2000』のメッセージは
『天界と繋がったあなたの信念が全ての望みを叶えていきます』
全ての望みが叶うサインだ。

私はカーテンを全開に開け、窓は少しだけ開けた。予想していた通り、冷たい風が部屋の中に入ってきた。夜空を見上げた。厚い雲で覆われ、星は見えなかった。残念な気持ちがどこからともなく押し寄せてきた。もう一度、私は目を凝らし、夜の闇の中に蝶を探した。すると…光る物が二つ。屋根伝いにこちらに向かってくるではないか。宇宙人!!??まさか…怖い物見たさとはこういう気持ちを言うのだろう。怖いけど、宇宙人に会ってみたいと思う私!! その時だった。可愛い小さな声でミャ〜とその光は鳴いた。何だぁと安堵の気持ちと共に笑みが溢れた。
「ミーちゃん〜」と声をかけた。

また、小さな声でミャ～と鳴き、窓から部屋へと入ってきた。

「ミーちゃん、お帰り♪　どこ行っとった？」と声をかけた。私の足をスリスリ。猫ってなんて可愛いのだろう。ミーから伝わるこの心地良い波動にいつも癒されている。

そして、また私は新しい日記を手に取った。

母からの独立宣言

2018年9月22日

私は今日
母から独立宣言をした
母にあんなに酷い事を言ったのに
私の心は清々しい
私の心は喜んでいる

母の支配的で依存的な、そして自己否定のエネルギーに触れると、何故か悲しみと怒りの感情がマグマのごとく湧き上がってきた。私にも同じエネルギーがあるからだった。どこまでいっても、人を通して己を見る。この世界は鏡の法則だから…その度に『愛しています』と唱え、心のクリーニングをした。唱えても、唱えても、この感情をどうする事もできなかった。後から、後から、人には絶対に知られたくないブラックな醜い感情が現れ、消える事はなかった。心のクリーニングに疲れた頃、私はこの感情をクリーニングする事を一旦、止めた。その感情をどうにかする事を諦め、味わう事に徹した。

母が発する言葉の端々に性格の悪さがにじみ出ている時は、心の中で『この人のこういう所が嫌い』と感情の赴くままに暴言を吐き、悪口をぶちかました。母には直接言わず、心の中だけでこの作業を行った。『心の中でとことん嫌いになる』自分にも同じ所がある事は脇に置き、とにかく、とことん嫌いになってみた。かなり勇気がいる事だったが、好きと嫌いは同じエネルギーだと分かっていたので実践してみた。とことん嫌いになった先に何が見えてくるのだろうか…きっとその先には光があると信じていた。

そもそも、感情に蓋をする事が良くない。エネルギーが滞るし波動が下がる。仕事にも悪影響を与えかねない。この低いエネルギーのレイヤーから私は一刻も早く抜け出したかった。

そして、同時にある事を行った。母から発する否定的なエネルギーで身体が縛られていると感じていた私はこのエネルギーを切る作業に取り掛かった。母親と子供は臍の緒で繋がっている。現実的には臍の緒はもう無いがエネルギーとして繋がっている。だから、その見えないエネルギーを『Ａｉｒバサミ』で切断する事にした。布団に入り、眠る前に『臍の緒をハサミで切る』もちろん、Ａｉｒだから全てイメージの中で行った。手にハサミを持ち、切る。『チョッキン』まで、しっかりイメージしてこの作業を遂行した。こんな事で効果はあるのか…半信半疑だったが、この作業は効果抜群だった。もしかしたら色々試した中で一番現実が動いた作業かも知れない。この作業を続ける事、六ヶ月程経ったある日。現実が動いた。

夕飯を食べ終わり、私はキッチンに立ち食器を洗っていた。気分が悪くて寝ていましたとアピールしているかのように、ピンク色の花柄のパジャマを着た母が現れた。

「何か食べる」と私が聞くと
母は、私の質問には答えず。

「あの時、死んでいれば良かった」と唐突に言った。あの時とは生死をさまよった四回目の入院の時の事だ。この言葉に私の感情は激しく荒れた。

『あの時、死んでいれば良かった』母は日頃から言う、お決まりの台詞。この台詞を聞く度に、『死ぬ気なんてさらさらなかったくせに』と思ってしまう。偽善ぶって、この黒魔女がうとましかった。私の心は怒りで煮えたぎっていた。何に対する怒りなのか？　そう私は命を粗末にする人が嫌いなのだ。心底、嫌いなのだ。

私は冷静に、

「お母さんは三回も死のうとして、自分だけが辛い思いをしたと思っているけれど、私達もとても辛かった事、貴女は知らないでしょう」と敬語で伝えた。あえて『私達』にしたのは兄もその場に居たからだった。すると母は開き直ったかのように
「それなら、どうして、もっと私に寄り添ってくれなかったの？」と声を荒げた。

ここまで来ても母は自分の事しか考えられない傲慢さがにじみ出ていた。抑えきれない感情が

私の両手から爆発した。両手をグーにしてキッチンのシンクを一回叩いた。バンと鈍い音が鳴った。手は全く痛くなかった。そして母に向かって、私はこう告げた。

「今まで充分、私は貴女に寄り添ってきたつもりです。金輪際、貴女の面倒は見ません」と宣言した。母は間髪入れず、「じゃあ、誰が私の面倒を見るのよ!!」と威勢よく怒鳴った。今にも倒れそうなか弱い風貌が一変した。怒りのエネルギーを怒りで返す。与えた物しか返ってこない。ブーメランの法則の瞬間だった。自分の事だけしか考えていない母に『いい加減目を覚ませ。ボケ、カス!』と脳内会話が飛び交った後、躊躇せず、「貴女の面倒は行政が見ます!!」と淡々と力強く告げた。

母は何も言い返してこなかった。私は、その場に居た堪れなくダイニングを出て、二階の自分の部屋へと向かった。二・三歩歩き、とんでもない事を母に言ってしまったと脳裏をかすめた。このまま枕を濡らし、罪悪感にむしばまれるに違いない…泣きながら階段を上がるはずが……あれえ!!?.?.?　自分の顔がニヤけていた。

驚いた。うすら笑みさえ浮かべていた。罪悪感どころか、とても清々しい気持ちだった。自由を手に入れた瞬間だった。こうして私は母から独立宣言をした。

『愛しています』と唱え、心のクリーニングをしたからだろうか？　それとも『Ａｉｒバサミ』の効果だろうか？　何がどうなって、この出来事が起こったのか定かではない。

心が愛に触れると愛ではない物が飛び出てくるのを私は体験した。その人に必要ではない感情や記憶を手放す事ができるのだ。抑え切れない感情が溢れ出したら、それは心の浄化。怖がらず綺麗に吐き出すと良い。そして、その先に『目覚め・覚醒』が待っている。

ブラックでネガティブな醜い感情が湧き上がったら、味わってみる。どのように味わうの？　ただ、観る。ただ、静かに観る。静観する。心の浄化の絶好のチャンス到来なのだぁ！　もし逃すとまた同じような問題が起こる。遅かれ早かれ、鏡合わせのプログラミングを設定している誰かさんと現実世界で何らかのアクシデントがあるという訳だ。天がセッテングしてくれたタイミングでアクシデントは起こる。このタイミングを逃すと、また天が新たにセッテングをし直すという仕組みのようだ。次回のセッテングがもしかしたら今世紀ではない可能性もある。百年後かもしれないし、もしかしたら千年後かもしれない。だから、心の浄化の絶好のチャンスを逃さず、向き合って欲しい。

愛に触れ、浄化をする。また愛に触れ、浄化をする。
この繰り返し…
死ぬまで、この繰り返し…
光になるまで人は心のクリーニングをし続けるのだ。
浄化する事を拒む必要は無い。
怖れる必要も無い。
浄化の先には愛が佇んでいる。その場所に光が運んでくれるのだから。

私は一つ大きな浄化を終わらせ、ここから本格的な目覚めが始まった。

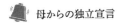

今世紀最大の浄化

やれやれとゆっくりしている暇も無く、今世紀最大の心の浄化が押し寄せて来た。待っていたのだ。御霊はこのタイミングを…その日は朝から風邪気味だったが結婚式の司会の仕事が入っていた。仕事の後、友人のステージを観に行く予定だった。熱っぽいなぁと思ったが、ステージに立つ友人の姿をひと目見たいと、約束のライブハウスへと向かった。ライブハウスは人の熱気で溢れかえっていた。人に酔ったのか、少し身体がフラフラしていた。友人の出番が終えると早々に自宅に戻った。スーツをハンガーに掛け、パジャマに着替えた。身体が熱い。すこぶる熱い。ようやく、熱がある事を自覚した。熱があると厄介な事になる。明日も仕事だ！　久しぶりに体温計を引っ張り出した。しばらくするとピィピィピィピィピィと可愛い音が鳴った。目にした体温に驚愕した。

三十九度！！！

見た事がない数字だった。これは何かの間違いだともう一度、測った。

ピィピピィピィピィと先程と同じように鳴った。今度は可愛い音と感じる隙がなかった。鳴ると同時に脇から体温計を引っこ抜いた。

四十度！！！！

またもや見た事がない数字だった。焦った。このまま熱が下がらないと明日の仕事には行けない。

すぐさま、取引先の社長へ電話を入れた。夜の九時だった。繋がらない、立て続けにストーカーの様に三回連続で電話をした。やはり繋がらなかった。脳内では『どうしよう…どうしよう…どうしよう…』とリフレインが続いていた。携帯が鳴った。誰だか分かっていた。

「高山さん　電話出られなくてごめんね。旦那と晩酌していたの」と陽気な声に救われた。

「社長…」と言った瞬間、目から大粒の涙がポロポロポロと溢れた。

　子供の様に泣きじゃくりながら
「社長…熱が出ちゃいました。四十度もあって」と伝えた。申し訳ない気持ちでいっぱいだった。

この状態では明日の仕事は無理だと分かっていた。自分から明日の仕事は無理だと、言いたくなかった。私にもつまらないプライドがあったのだ。

私の気持ちを察してか、「明日、仕事入っているわよね」と社長は優しい口調だった。

「はい、打ち合わせだけ入っています」

「明日の打合せは誰かに代わってもらうから、心配せず。ゆっくり休んでね」

『ゆっくり休むかぁ…』人の優しさに触れ、嬉しい気持ちと自分の不甲斐なさとのプラスとマイナスの気持ちが入り混じった。初めて、仕事関係者の前で我を忘れ、大泣きした夜だった。

2019年11月23日

初めて、
仕事関係者の前で大泣きした
後にも先にも、きっと、最初で最後だと思うこれから先、こんなに感情的になる事はもうないだろう。

『社長…』と言った瞬間、張り詰めていた何かがプツンと切れた。この仕事を始めて約三十年、頂いた仕事に穴を開けた事は一度たりともなかった。体調管理も仕事の内と思っていた。この仕事を本格的に始めた事を機にスキーを止めた。何故って？　怪我をしたら仕事ができなくなるからだ。それだけ、私はプロ意識を持ちこの仕事をしていた。プロ意識もへったくれもなかった。初めて仕事を代わってもらった。

次の日、休日診療のクリニックへ行った。久しぶりの病院だった。あれほど、飲まない様にしていた薬にあっさり手を出してしまった。早く治したかった。三日程で熱は平熱に戻ったが、四十度の熱は序章でしかなかった。

料理で言えば前菜、オードブルだ。寝れば、直ぐに良くなると思っていたが熱が下がった途端、次は鼻水、咳が出た。

そして…
声が出なくなった。全く出なくなった。

2019年11月26日
熱は下がったが
声が出ない
全く出ない
やばい
このままだと
今週末の仕事ができない

声を使う仕事なのに声が出ない。有り得ない事だった。夢であって欲しいと願った。週末、結婚式の司会の仕事が連日入っていた。日に日に症状は悪化していった。週末の司会は無理だった。またしても仕事を代わってもらう事になった。諦めがついた。すんなり、諦めた。商売道具の声が臨時休業、いや、ボイコット中。再開の目処は立っていなかった。人生を振り返り、こんな事は初めてだった。風邪を引いた事もある。熱が出た事もある。でも、何とか乗り越えてきた。今回は違った。

『今度、ばかりは本気みたい♪　貴女のエゴもちらつかないわぁ〜♪』

松山千春の恋のワンフレーズが重なった。何故、ここでいきなり松山千春なのか…私にも意味不明だった。それぐらい、思考回路が混線していた。悲してく、悲しくて、悲しくて、涙が溢れた。自分の為に泣いた。初めて自分の為だけに泣いた。

声が出なくて悲しいのか？　仕事ができなくて悔しいのか？涙と一緒に溢れてくる感情を一つ一つ丁寧に見つめた。

『声が出ない』
（信じられない　こんな事はあってはならない事）
↓
『仕事ができない』
（誰かに代わってもらうなんて有り得ない　そんな事はしたくない）
↓
『仕事に穴をあけた』
（人から何て思われるだろう　非難されるのではないか？）
↓
『体調管理もできない駄目な人』
（お客様に迷惑をかけてしまった　申し訳ない）
↓
『評価が下がる』
（積み上げてきたキャリアがぁ〜〜〜ここで終わってしまう）

↓
『感謝しかない』
（怒る事も非難する事もなく優しい言葉をかけてもらえた）

このような感情の流れだった。感情を冷静に分析すると、現実を受け入れたくない気持ち・現実逃避から始まり、次は人からの評価が気になる・他者評価へと移り、その後からお客様・プランナーさん・代役の司会者さん、そして社長に迷惑をかけてしまい、申し訳ない気持ち、罪悪感と自己否定へと流れ、最後には感謝の気持ちへと落ち着いた。

私は心の奥底でガンガン自己否定をしていたのだ。その事に全くもって気づいていなかった。私自身、ポジティブで自己肯定感が高いと思い込んでいたが、こんなにも激しく自分自身を否定しジャッジしている事に気づかされた。体調が悪くて仕事を代わってもらう事は誰しもある。非難されてもいないのに非難されると勝手に決めつけ、恐怖を感じていた。体調管理ができない駄目な人と決めつけていたのは紛れもなく私自身だった。迷惑をかけてしまったと思っていたのも私自身だった。相手は迷惑を掛けられたと思っていない可能性もあるのだ。実際、お互い様よねと思ってもらっていた。そして、評価が下がると思っていたのも、私自身だった。

それから二週間、起き上がれず、鼻水と咳に苦しんだ。夜になると咳が酷くなり、眠れなかった。声も依然とボイコット続行中だった。

私はベッドの上で心の浄化・クリーニングのワークをした。可愛い花柄の折り紙に列を三つ作った。気持ちを上げたくてあえて可愛い花柄の折り紙を使ったが気持ちは残念ながら上がらなかった。その折り紙に『愛しています・愛しています・愛しています』と隙間なく書けるだけ書いた。書いて、書いて、書いて、書きまくった。この問題が一刻も早く解決して欲しい。それだけを願い、『愛しています』と書いた。涙で字がにじんだ。溢れる感情が大雨で氾濫した川のようだった。濁った汚い水が目から鼻から流れた。手を止め、大声をあげて泣いた。自分ではない誰かが暴れているようだった。泣きながら母を責めていた。この人が私の人生を滅茶苦茶にした。大嫌いと何度も心の中で叫んだ。普通に幸せになる事が夢だった。普通に好きな人と暮らす事が夢だった。そんな普通の夢を叶える事ができていない自分が惨めだった。

部屋には折り紙とティッシュペーパーが散乱した。その折り紙、全て隙間なく、びっしり『愛しています』と几帳面な字で埋め尽くされていた。何回『愛しています』と書けば、この感情から解放されるのだろうか？　人を憎む事、恨む事に私は疲れ切っていた。ただ幸せになりたいだけだった。そしてまた、大きな声をあげて泣いた。

一生分、泣いただろうか…その内、涙も枯れていった。『愛しています』と無心で書いている私がそこに佇んでいた。この感情をどうにかしたいと思う気持ちは知らない間にどこかへ消えていった。

感情とは不思議な生き物だ。しっかり味わうと溶けて無くなってしまう。心の浄化が進んだのか、泣いてスッキリしたのか少し気分が上がってきた。しかし、声はまだ一ミリも出なかった。このままずっと声が出ないままなのではないか…ネガティブな感情が私を襲った。ふと、顔をあげ部屋を見渡した時、本棚にある一冊の本が目に留まった。

『それでも、あなたを愛しなさい』（ルイーズ・ヘイ著書フォレスト出版）というタイトルの本だった。本棚から取り出し、おもむろにパラパラと捲《めく》った。

ある言葉で手が止まった。

私は自分を愛します。
私は自分を許します。
私は過去の体験を完全に手放します。
私は自由です。

自由になるヒント、過去を手放すヒントがここには書いてあった。涙腺に衝撃が走った。ボロボロと大粒の涙が頬を流れていた。まだ、泣ける。まだ、枯れていなかった。あんなに泣いたのに……母の事をどうしても許す事ができなかったのは、私が私自身を許していなかったからだった。声が出ない私は私を責めていた。仕事ができなくなった私は私を責めていた。責めることしか出来なかった私を許そう。

許す事は弱虫なんかではない。
許す事の方が人は難しい。
難しい事をするのだ。

それは人の強さでもある。
自分の事を愛するとは、自分の全てを許す事だった。
誰かを許すのではない。
自分を許すのだ。
許しの先にしか癒しはない。
許しの先にしか真の自由はない、真の幸せはない。

許し

2019年12月20日

久しぶりに仕事に行った
みんな優しかった
辛かった、あの日々は
この優しさに触れる為だった

体調を崩してから約一ヶ月、自宅のベッドでロングバケーションを過ごした。何とか声が出るようになり、久しぶりに電車に乗り、名古屋へと向かった。結婚式の打ち合わせの為だった。

前から3両目が私のお気に入りの車両、決まって窓際の座席に座る。大人になっても変わらない、外の景色を眺めながら電車に乗る事が好きだ。見慣れた風景が流れていく。でも全く飽きない。長良川を横切り、大きなビルが立ち並ぶ駅に着いた。岐阜駅だ。扉が開いた。乗る人に混じり、一羽の蝶が乗り込んできた。電車の中に蝶⁈　目を疑ったが、確かにヒラリヒラリと飛んでいる。今は十二月、こんな真冬に蝶？　周りをキョロキョロしてみたが、その蝶に目を向けているのは私だけだった。もしかしたら私だけが見えているのかも…黒と薄い黄色の縦縞模様に羽の下の方には赤色のドットが付いていた。赤色の水玉模様の羽がヒラリヒラリと可憐に優美に舞っている。私が見つめているその蝶は『ギフチョウ』だった。慌ただしく我先に席に座るエネルギーの乗客とは相反して何ともかんとも穏やかな空気感をその蝶は放っていた。『大丈夫　私は守られている』と変な確信が持てた。実は仕事先に向かう足が重かったのだ。強制ロングバケーション後の今日が初仕事。お詫びの挨拶周りをする事になっていた。どんな顔をすればいいのか…

「おはようございます」と事務所の入り口でいつものように挨拶をした。司会者を束ねている会

社の社長、溝端《みぞばた》さんがいつもの席に座っていた。私は鞄も置かずに、社長に近寄り、

「おはようございます。この度はご迷惑をおかけして申し訳ございませんでした」と詫びた後、ペコリとお辞儀をした。

「大変だったわね。でも良くなって良かったわぁ。落ち着いたら挨拶に行きましょう」と朗らかに言った。私はこの挨拶周りを早く終わらせたかったので、

「大丈夫です。すぐ行けます」と答えた。

社長に連れられ、ウエディングプランナーの女部長の八代《やしろ》さんのデスクへと行った。さほど大きくない事務所、十歩もあれば行ける距離だが、妙に長く感じた。溝端さんが、

「部長、今、よろしいですか。高山が今日から復帰しましたので」と前振りをしてくれた。打ち合わせをした訳でもないが次は私の番だと分かっていた。

「この度はご迷惑をおかけして申し訳ございませんでした」と溝端さんに詫びた言葉と同じ言葉が無意識に出てきた。八代部長はすっと姿勢良く立った。細身で170㎝のモデル体型が眩しかった。『相変わらずのスタイルの良さは健在だ』とこんな状況でも私の脳内会話のお喋りは止まらない。人は一日5万から6万回も無意識に呟いているそうだ。

「いやぁ～笑っちゃいけないけど…本当、大変だったわね」とニコニコ笑顔で想定外の言葉を私に投げかけた。このボケに何かツッコミをしなければ！　と思う私がいた。

「笑って頂けて幸いです。本当、申し訳ございませんでした」とツッコミと言える程のものではないが返してみた。そして、私はペコリとお辞儀をした。その後、溝端さんと八代部長がケタケタと女子トークを交わしていたが、私の耳には何も入ってこなかった。あまりにも想定外の反応に拍子抜けした。責める訳でもなく。問い詰める訳でもなく。噂話のように聞く訳でもなく。シンプルに笑い飛ばしてくれた。私は救われた。許されているとはこういう事なのか？　人から許されている事を知った。

きっと今までも数知れず、人から許されてきただろう。その事に気づいていなかっただけなのだ。気づいているのと気づいていないのとでは雲泥の差だ。もっと早く気づいていたら、もっと早く母の事も許せたのかもしれない…こういう『たられば』も、手放そう。意味のない事だ。湧き上がる感情や気持ちを一つ、一つ、丁寧に見つめる私が今はいる。こうして、自分で自分の事を導いていくのだろう。誰しも生まれた時から誰かに愛され、誰かに許され生きている。その事を大人になるにつれて私達は忘れてしまう。電車の中に傘を置き忘れてしまうかのように…命の次に大切な声が出なくなり、愛されている事、許されている事を思い出した。私の声はお金を稼ぐ為の道具・ツールではなく、大切な誰かさんに思いを伝える為に天が与えてくれた神からのギフトだという事も思い出した。

私は静かに日記を閉じ、スッキリとした気持ちで段ボール箱の中に日記を片付けた。

サインは蝶

お風呂から上がり髪をドライヤーで乾かしながらふとこんな事を思った。肩より髪を伸ばしたのは何十年ぶりだろうか…大きな浄化の後、年が明け、桜が咲く頃に世界中がパンデミックの渦へと入っていた。嫌でも自分と向き合う時間が増えた。そんな中で思い出した事がある。小さい頃、長い髪に憧れていた事を…

あと一時間程で今日が終わろうとしている。ドライヤーを止めると、風鈴のように窓際に吊るしてあるコシチャイムが微かに鳴った。その音で窓が開いている事に気が付いた。さっき夜空を眺めた時にしっかり閉めていなかったのだ。カーテンを少しだけ開け、窓を閉め、鍵を掛けた。すると、窓ガラスに何やらくっついているではないか、目を凝らして見た。ハッとした。

「あ…蝶だ」と聞こえるか聞こえないかの微妙な声で私は呟いた。一日中、探していた蝶が目の前にいる。

『愛に満ちている時のサインを決めておくと良い』

私は
愛に満ちている時のサイン、それを**『蝶』**とある日決めた。
『愛に満ちている時は蝶を見させて下さい』と宇宙にオーダーしてある。
愛は目に見えない。だからサインが必要なのだ。今、この瞬間、私は愛で満ちている。
その蝶を愛おしそうに見つめる私の顔がガラス越しに映っている。

時計の針は夜の11時11分
『1111』エンジェルナンバーだ。
メッセージは『あなたの望みは目の前にあります。もうすぐ、願望を叶える時がおとずれます』

私の願いはただ自分を幸せにする事。その願いを叶えるベストタイミングが近づいてきている。数字の『1』は始まりを意味する。風の時代が始まると共に私の人生の最終章が始まるサインのようでもあった。

私はベッドの上で眠っているミーを起こさないようにブランケットをまくり、「ミーちゃん、おやすみ」と声を掛け、頭を三回ナデナデした。夢を見ているのだろうか、ミーの口元がモグモグと動いた。この寝顔がたまらなく可愛い♪

湯たんぽで暖かくなったベッドで静かに目を瞑り、『愛しています』と三回心の中で呟いた。すると、『小さい頃、お母さんが作ってくれた、あのパウンドケーキ… また食べたいなぁ』と脳内会話が飛び出した。今でも思い出せるフルーツが入った甘酸っぱいパウンドケーキの味。ウトウトしながら、大きくまた一つ深呼吸をすると、こんな言葉が降りて来た。

許すのは己自身
怒りの奥には悲しみ
憎しみの先には愛しかない

ハッと目を開いた。心臓がドキドキしていた。また、ゆっくりと目を瞑り、大きく、深呼吸をした。三秒前に降りてきた言葉がまた脳裏に浮かんだ。

『許すのは己自身』

私自身が私を許せたら、あっさりお母さんの事も許せたよな。心の矢印を自分に向けた途端、オセロゲームの黒いコマがパタパタパタと白いコマへと変わるように人生が好転した!! 本当、不思議!!

『怒りの奥には悲しみ』

何度も死のうとするお母さんに対してすごい怒りの感情が芽生えていたけれど、私はただあの時、深い悲しみの中にいたのだ。お母さんが私の側からいなくなったら寂しいと思っていた。

『憎しみの先には愛しかない』

愛の反対は無関心って言うけれど、正に憎い気持ちや嫌いと思う気持ちはその人の事が心のど真ん中にあるからなのだ。心の真ん中にあるという事はその人の事が気になって気になって仕方がない。気になるという事はその人の事が好きで好きで仕方がないという事でもある。

今までの人生、こういう事を学ぶ為にあったのだ。また、ゆっくり、深く、息を吐いた。

学びは叡智

また、言葉が降りてきた。

学びは叡智かぁ…　良い言葉だな。私はミーが起きないように身体を丸め、寝返りをゆっくりとうった。『今までの学びを小説にしてみようかなぁ～』と脳内会話が呟いた。

『小説?!　なんて書けないヨォ』ともう一人の私が答えた。そして深く、ゆっくりと息を吐き、深い眠りへと入っていった。

2024年3月30日
タイトル『サインは蝶』
本日、出版!!!!!

あとがき

最後まで『サインは蝶』を読んで下さり誠にありがとうございました。いかがでしたでしょうか？　きっと様々な感想があると思いますが。私自身、今までの事を振り返り『苦労した』とか『大変だった』とは思っていません。私はただただ『寂しかった』『悲しかった』のです。寂しさを寂しいと、悲しさを悲しいと、自分自身が受け止める勇気がなかった。自分自身を受け止めるとは自分で自分を許す事なのです。自分を許す勇気がなかった。自分を許す事が怖かった。私は弱かった。私は恐れていた。

心を整える事で弱い気持ちが強くなり、得体の知れない恐れを手放す事ができたと思います。心を整える為に今も日々行なっている事があります。詳しくは別の書籍で具体的にどのように行なっているかをお伝えしたいと思っておりますが、折角ですので三つだけ紹介させて頂きますね。①朝一番に白湯を飲む　②呼吸を整える　③笑顔で過ごす　できそうな事から実践してみて下さい。きっと、今より幸せと感じる事が必ず増えると思います。

この小説を書き上げるまでに多くの方が支えて下さいました。

まずはJR伊丹駅から徒歩二分の所にあるブックランドフレンズの店主河田秀人さん♪　河田さんから沢山のアドバイスを頂き、日記を読むように物語が進んでいく小説に書き上げる事ができました。心から感謝しております。ありがとうございました。読者の方が読み終わった後に重い気持ちを残さないように書く事を助言して下さったのも河田さんでした。読者の方がほっこり、ニッコリする様に意識して言の葉を紡ぎました。

友人の山口千穂さん♪　六万文字という書いた事のないこの膨大なる活字を紡ぐ事が出来たのは紛れもなく千穂さんのサポートがあったからです。感謝の気持ちを込め、主人公の名前は千穂さんから頂きました。途中、紆余曲折もありましたが今では全てが笑い話ですね。あの紆余曲折がなければ私達の出会いがなかった訳ですから全てに感謝です。ありがとうございます。

表紙の素敵な蝶の絵を描いて下さいましたカルチャーハウス　アトリエサチのオーナー、犬飼幸子さん♪　私がイメージした通りの青い蝶を描いて下さり、ありがとうございました。私は幸子さんが描く絵が大好きです。多くの方に観て欲しいと思っています。

表紙のデザインを手掛けて下さいましたルンちゃん♪　流石のセンスに天晴れ♡思わずジャケ買いしたくなる美しい表紙の書籍になりました。ありがとうございました。

長年の友人であり、いつも私の夢を支えてくれる古田美晴さん♪　この小説は古田さんと書き上げたと言っても過言ではありません。惜しみないサポートに心から感謝しております。『ありがとう』の言葉では足りないくらいのありがとうの気持ちでいっぱいです。本当に本当にありがとうございました。

日本橋出版の大島拓哉さん、この度はご縁を頂けた事に心から感謝申し上げます。ありがとうございます。当初、出版予定だった出版社との契約が白紙となり、書き上げた『サインは蝶』をどうしても商業出版したいと思っておりました。この小説は必ず商業出版できると私の中で確信が何故かあったからです。この確信はどこからくるのか？　よく私自身も分かりませんが、小説を書くと決めて書き始めた時に商業出版で出すこと意図して書き始めたからではないかと思います。なかなか、出版社が決まらず、途方に暮れていた時に目に飛び込んできた『原稿募集』の文字。すぐに原稿を送り、何度かやり取りをさせて頂く中でここから出してもらえると直感が走りました。この直感が当たり、ホッとしております。ありがとうございました。

最後に二〇二三年で朗読活動を始めて十年になります。いつも朗読会をサポートして下さるチームともみんの健ちゃん、やっこちゃん、古田さん、妙ちゃん、いつもありがとうございます。みんなの支えがあったからこそ続いている朗読会です。足を運んでくださる皆様、会場を貸して下さる皆様、主催して下さる皆様、応援して下さる皆様、朗読を通してご縁を頂く全ての皆様へ感謝の気持ちでいっぱいです。これからも心を込めて朗らかに作品と向き合い、豊かな時間を創って参ります。是非とも朗読会に足をお運び下さいませ。リアルにお目にかかれる事を心待ちに致しております。

結びに経済的にも精神的にも私の事を全力でサポートしてくれたお父さん、私の魂の成長の為にいてくれるお母さん、真面目で優しいお兄ちゃん、私の心と魂を癒しへと導いてくれる猫のミーと小太郎君、家族として今世紀出逢えた事に心から感謝しています。ありがとう♪　学び多きこの人生に乾杯♪

眩しいくらい神々しい夕陽の光が差し込む部屋であとがきを書き終えようとしています。窓から差し込む夕陽から一筋の光が伸びています。その光はどこまで伸びているのだろうと目で追うとそこは私の心臓・ハートチャクラが…これもサインです。**思うように生きなさい。思うように心を捧げなさい。思うように泣いて、思うように笑いなさい。**メッセージ！　しかと頂戴致しました。

約六万二千もの光がこの本の中で輝きを放っております。
どうか皆様、幸せでいて下さいませ。

大塚朋美

大塚 朋美（おおつか ともみ）
女神ヴォイス
朗読家・司会者・ソウルサウンドライアー奏者・温熱指ヨガセラピスト・一般社団法人 EGAOpuls 協会公認法人専任講師

1971 年浄土真宗西本願寺派の寺の娘として生まれる。心地良い風が吹く岐阜県本巣市にて育つ。

絵本『きみがよものがたり』との出会いをきっかけに朗読活動を始める。

書籍『アミ小さな宇宙人』『アナスタシア』に感銘を受け、『ホ・オポノポノ』『奇跡のコース』へと導かれ、自分の心と向き合い、母親との確執の日々を経て、全ては自分の心の表れ・鏡の法則だった事を知る。感情の浄化・心のクリーニング・セルフヒーリングへと辿り着き、現在に至る。

自宅サロンにてソウルサウンドライアー・誘導瞑想呼吸法のセッション・カウンセリングを通しヒカリを届けている。

講演会・トークショウ・瞑想朗読会・ヒーリングワークショップを開催中。

Instagram　@MUSEVOICE＿TOMOMI

仕事・セッションお申し込み
お問い合わせはこちら ▷
https://forms.gle/Nnt4JB2ECRudnk5TA

MUSEVOICE_TOMOMI

サインは蝶

2024 年 3 月 30 日　　第 1 刷発行

著　者――― 大塚朋美
発　行――― 日本橋出版
〒 103-0023　東京都中央区日本橋本町 2-3-15
https://nihonbashi-pub.co.jp/
電話／ 03-6273-2638
発　売――― 星雲社（共同出版社・流通責任出版社）
〒 112-0005　東京都文京区水道 1-3-30
電話／ 03-3868-3275
印　刷――― モリモト印刷

ISBN 978-4-434-33680-5